Philomena Franz

# Zigeunermärchen

*illustriert von*
*Manfred Rapp*

Alle Rechte liegen bei der Autorin
Herstellung: Books on Demand GmbH
ISBN 3-8311-2264-4

# Inhalt

*Seite*

Vorwort . . . . . . . . . . . . . . . . . . . . . . . . . . . . . . . . 5

Pappi, das kluge Gänslein . . . . . . . . . . . . . . . . . . . 8

Warum die Tanne ein immergrünes Kleid trägt . . . . . . . . 11

Der weise Zigeunerkönig . . . . . . . . . . . . . . . . . . . 20

Das Lichtlein . . . . . . . . . . . . . . . . . . . . . . . . . . 22

Wie der Hase den Zigeunerkindern
das erste Mal bunte Eier malte . . . . . . . . . . . . . . . . . 25

Rezepte . . . . . . . . . . . . . . . . . . . . . . . . . . . . . 29

Seit wann der Himmel voller Geigen hängt . . . . . . . . . . 30

Der Teufelsgeiger . . . . . . . . . . . . . . . . . . . . . . . 39

Die Hochzeitsreise . . . . . . . . . . . . . . . . . . . . . . . 45

Snogo . . . . . . . . . . . . . . . . . . . . . . . . . . . . . . 47

Wie der Teufel seinen Schwanz verlor . . . . . . . . . . . . 52

Wie der Igel den Zigeuner überlistet hat . . . . . . . . . . . 53

Das Gelübde des Joschka . . . . . . . . . . . . . . . . . . . 55

Die kleinen Stare . . . . . . . . . . . . . . . . . . . . . . . . 61

Die kleine Raupe . . . . . . . . . . . . . . . . . . . . . . . . 62

Der reiche Kaufmann und die schöne Danuscha . . . . . . . 65

Das Geburtstagsgeschenk . . . . . . . . . . . . . . . . . . . 72

Die Geschichten in diesem Buch, zusammengetragen und erzählt von Frau Philomena Franz, einer Zigeunerin, wollen nicht nur unterhaltsam sein. Sie sollen auch Verständis für die fremdartigen Menschen wecken, die seit Jahrhunderten unter den Vorurteilen ihrer Mitmenschen zu leiden haben und häufig von einem Land zum anderen ziehen mußten, auf der Suche nach einer Heimat.

In den verschiedenen Märchen, mit Zeichnungen von Manfred Rapp illustriert, finden wir auch manche Erklärung für Sitten und Gebräuche der Zigeuner, so z.B. die Erläuterung ihrer Namen oder ihrer Vorliebe für Gold und Geschmeide.

Mögen die Gestalten der Märchen sich das Herz der Leser – Kinder wie Erwachsene – erobern und dazu anregen, diese lustigen und traurigen Erzählungen über die Zigeuner immer wieder zur Hand zu nehmen.

*Liebes Kind!*

*Ich bin eine Zigeunerin und heiße Philomena, und ich möchte Dir
etwas von den Zigeunern erzählen. Warum ich Dir gleich zu
Anfang meinen Namen verraten habe? Erstens steht er sowieso auf
dem Buchumschlag und außerdem stellt man sich mit seinem
Namen vor. Philomena: diesen Namen tragen viele
Zigeunermädchen, und dieser Name bedeutet bei uns soviel wie
Nachtigall. Bei uns Zigeunern bekommen Kinder sehr oft Namen
von Vögeln und anderen Tieren; von Blumen, Früchten und
anderen Dingen, die die Natur uns schenkt. Ich kenn' zum Beispiel
einen „Spatzo" — das ist, wie Du natürlich sofort gemerkt hast,
unser Spatz. Dann kenne ich noch die „Droschla", in Deiner
Sprache heißt das Schwarzdrossel.
Ich kenne noch die „Geriassa", das heißt Kirsche. Geriassa wurde
geboren, als die Kirschen reif und rot am Baum hingen. Dann
kenn' ich eine „Pabi", das ist der Apfel, und „Zirinka" kenn' ich
auch, das heißt Fliederbusch. Bevor ich Dir aber noch mehr
Zigeunernamen verrate, möchte ich Dir zuerst erzählen, wie das
kleine Gänslein Pappi den schlauen Fuchs überlistet hat. Danach
erzähle ich Dir das Märchen von „Lercha", einem
Zigeunermädchen. Du wirst auch erfahren, warum dieses Mädchen
den Namen von der Lerche bekommen hat. Und Du kannst lesen,
warum die Tanne ein immergrünes Kleid trägt.*

# Pappi, das kluge Gänslein

Zwischen tiefen Wäldern fließt das Wasser der Donau dahin. Am Ufer des Flusses lebte einst eine Zigeunerfamilie. Wie alle Zigeuner war sie sehr musikalisch und verdiente ihren Lebensunterhalt mit der Musik.

Wenn die rauhen Winter vorüber waren und der Frühling mit seinen milden Sonnenstrahlen die Natur wieder zum Leben erweckte, zogen die Zigeuner mit ihrem Wohnwagen von einem Ort zum anderen. Sie waren sehr glücklich und zufrieden mit ihrem Dasein; sie liebten das Leben und alles, was es ihnen schenkte: den Wald und die Blumen, die Büsche und Sträucher, die Äcker und Wiesen.

Eines Tages nun, als die Zigeuner mit ihrem Wohnwagen auf einer Lichtung am Waldesrand standen und die Kinder draußen fröhlich herumtanzten und musizierten, kam auf einmal eine Bäuerin vorbei. An ihrem Arm trug sie einen großen Korb. Weil nur selten Fremde am Wohnwagen der Zigeuner vorbeikommen, unterbrachen die Kinder ihr Spiel und scharten sich neugierig um die alte Frau mit dem riesigen Korb.

Als die Bäuerin die Kinder mit ihren großen, dunklen und fragenden Augen sah, öffnete sie den Korb.

„Schaut", sagte sie.

„Oh", riefen die Kinder entzückt; denn sie sahen in dem riesigen Korb viele kleine Gänseküken, so fein, so zart war ihr Flaum; und weil die Kinder so vor Freude jauchzten, sagte die alte Bäuerin: „Sucht euch das Schönste und Größte aus. Ich möchte es euch schenken; ich glaube bestimmt, daß das Küken es gut bei euch haben wird."

So bekamen die Zigeunerkinder ihr Gänslein, und sie tauften es auf den Namen „Pappi".

Pappi wurde schnell der Liebling der Zigeunerkinder und von allen sehr verwöhnt.

Der Sommer verging, und Pappi war inzwischen recht groß und stattlich geworden. Zudem war es klug; es verstand die Sprache der Zigeuner und hatte ausgezeichnet tanzen gelernt.

Als der Spätherbst Sturm und Regen mit sich brachte, kehrten die Zigeuner wieder in die Wälder zurück, um dort ihr Winterlager aufzuschlagen. Doch zu dieser Zeit war höchste Vorsicht geboten, denn in den Wäldern strolchte ein böser Fuchs herum, und das war natürlich besonders für das Gänslein sehr gefährlich.

„Pappi", sagte daher der kleine Zigeunerjunge, der Pappi besonders in sein Herz geschlossen hatte, „du mußt nun besonders vorsichtig sein und darfst nicht allein in den Wald gehen, denn im Wald ist der böse Fuchs, und wenn er dich erwischt, bist du des Todes, und dann wären wir alle furchtbar traurig."

„Habt keine Angst um mich, ich werde schon aufpassen", sagte Pappi, und es versprach den Zigeunerkindern hoch und heilig, nicht allein in den Wald zu gehen.

An einem kalten Wintermorgen, als die Zigeunerkinder gerade in der Schule waren, ging Pappi alleine spazieren, um sich ein wenig Futter zu suchen. Ohne es zu wollen, war das Gänslein auf einmal doch in den Wald geraten. Zuerst war es mächtig erschrocken, doch weil es im Wald so schön war und die Luft gar so klar, dachte es bei sich: „Ach, mir wird schon nichts passieren, wenn ich nur ganz am Rand bleibe, da wird der böse Fuchs sicherlich nicht hinkommen."

Und so ging das Gänslein unbesorgt weiter spazieren, und es war sehr vergnügt dabei.

Der böse Fuchs aber hatte das Gänslein schon längst entdeckt; und wie es so fröhlich durch den Wald wanderte, da lachte er und sagte sich: „Ei, das wird ein feiner Mittagsschmaus." Er schlich zu einer dicken Eiche, versteckte sich dort und wartete auf das Gänslein. Als Pappi vorbeikam, packte der Fuchs es am Kragen. Pappi schlug heftig mit den Flügeln und hatte große Angst.

„Ach, lieber Fuchs", sprach es da in seiner höchsten Not und letzten Verzweiflung, „bevor ich nun sterben muß, bitt' ich Euch, erfüllt mir noch einen Wunsch."

„Nun gut", sprach der Fuchs und ließ das Gänslein los, aber er paßte scharf auf, daß es ihm nicht davonlief.

„Welchen Wunsch hast Du denn noch?"

„Für mein Leben gern habe ich getanzt. Ich bitte Euch, laßt mich noch einmal nach Herzenslust tanzen."

„Wenn's weiter nichts ist", sagte der Fuchs, „so soll dir dieser Wunsch gewährt werden."

Da fing das Gänslein an zu tanzen, und es tanzte so wunderbar, daß der Fuchs ganz hingebungsvoll zuschaute. Wie der Wind drehte es sich im Kreise, aber auf einmal hob es die Flügel und flog blitzschnell davon. So hatte das kleine Gänslein den schlauen Fuchs überlistet.

Der Fuchs sah ihm mit offenem Mund nach, und wutschäumend knirschte er mit den Zähnen: „So etwas wird mir in meinem ganzen Leben nie wieder passieren. Vor dem Essen wird bei mir nicht mehr getanzt!" Und zornig über den verlorengegangenen Braten trottete er zurück in den Wald.

Als am Mittag die Zigeunerkinder nach Hause kamen sahen sie, daß Pappi am Halse ein wenig blutete.

„Was ist geschehen, Pappi?" riefen sie aufgeregt. — Da erzählte Pappi ihnen, wie es plötzlich in den Wald geraten war und wie der böse Fuchs es beinahe aufgefressen hätte.

Die Zigeunerkinder weinten vor Freude, daß ihrem klugen Pappi nichts passiert war, und sie tanzten, lachten und sangen den ganzen Nachmittag.

Pappi bekam auf seine Wunde Kräuter und einen dicken Verband und wurde mehr denn je von den Zigeunerkindern geliebt.


## Warum die Tanne ein immergrünes Kleid trägt

Es ist noch gar nicht so lange her, da lebte eine Zigeunerfamilie in einer kleinen Hütte auf einer Anhöhe mitten im Wald. Die junge Geriassa trug ein Kind unter dem Herzen. Sie konnte es kaum erwarten, dem Kinde das Leben zu schenken. Eines Tages war es dann soweit, und sie gebar ein kleines Mädchen. „Nun bist du endlich da", sagte die junge Mutter. „Und was für zarte, kleine

Hände du hast und schon den Kopf voller schwarzer Löckchen!"
„So, meine Liebe", sagte der stolze Vater, „ich hole schnell noch
ein paar Scheite Holz und werde dir eine gute Hühnersuppe
kochen, damit du unser Kind gut nähren kannst." Danach ging
Spatzo nach draußen in den Hof, legte ein paar Scheite Holz in
den Korb und kam in die Stube zurück. Dabei sang er ein lustiges
Zigeunerlied. Dann ging er durch die Stube in die Küche, öffnete
die Ofentür und legte ein paar Scheite Holz auf. Er stellte einen
Topf auf den Ofen, goß Wasser hinein und kochte seiner Frau
eine gute Hühnersuppe. Geriassa freute sich sehr darüber. „Nun,
mein Liebes", sagte Spatzo, „heute sieht der Wald viel lebendiger
aus. Die Blumen leuchten in ihren schönsten Farben, und es
duftet herrlich weit und breit. Noch nie habe ich das so empfunden
wie heute. Schau mal, Geriassa, noch immer sitzt die kleine
muntere Lerche auf der Fensterbank. Sie singt schon den ganzen
Tag. Noch nie habe ich eine Lerche so schön singen gehört. Es ist
wie ein Zeichen des Himmels. Vielleicht sollten wir unserem Kind
den Namen dieses Vogels geben." – „Du bist ein kluger Mann",
sagte Geriassa erfreut, „Lerche, einen schöneren Namen könnten
wir unserem Kind nicht geben."
Jahre vergingen. Die kleine Lercha blieb das einzige Kind ihrer
Eltern. Eines Tages ging Lercha zum ersten Mal in die Schule.
Mittags stand Spatzo mit seinem Pferd und Wagen vor der Schule
und wartete auf seine Tochter. Da, auf einmal flog die Türe auf,
und alle Schulkinder drängten hinaus auf den Schulhof. Da sah
Spatzo mitten im Schulhof eine große Kinderschar, sie bildeten
einen Kreis um die kleine Lercha, und ein Kind rief: „Au, eine
Zigeunerin!" Und ein zweites Kind sagte: „Die ist bei uns in der
Klasse, die spricht ja so komisch." Und ein drittes Kind fügte
hinzu: „Schau mal, die sieht ja aus wie ein Neger." Da lief Spatzo
auf sein Kind zu, nahm die weinende Lercha in seine Arme und
sagte begütigend: „Sei nicht traurig, mit der Zeit werden sie sich
schon an dich gewöhnen." – „Ach Vater", schluchzte die kleine
Lercha, und voller Enttäuschung sagte sie: „Kein Kind wollte mit
mir spielen. Sie gaffen mich nur an und sprechen kein Wort mit
mir." Nun zeigte Lercha mit der Hand auf ein blondes Mädchen:

„Dieses Mädchen war erst ganz nett zu mir, aber jetzt, wo die anderen Kinder auf mich zeigen, schimpft sie mich genauso aus wie alle andern." – „Ach weißt du, meine kleine Lercha", antwortete der Vater,

„nichts ist peinlicher, als ein übervolles Herz
an falscher Stelle ausgeschüttet zu haben."

Lercha weinte bitterlich und sagte wütend: „Am liebsten möchte ich es ihnen allen sagen, wie unsagbar dumm sie doch sind!" Da nahm Spatzo seine Lercha bei der Hand und sagte: „Es gibt eine alte Zigeunerweisheit:

Lieber sich in einen brennenden Ofen stürzen,
als seinen Nächsten öffentlich beschämen!"

„So, nun komm jetzt auf den Wagen, das Pferd wird schon ganz unruhig." Als Spatzo zu Hause in den Hof einfuhr, rief Geriassa schon von weitem: „Gut, daß ihr endlich da seid, das Essen steht bereits auf dem Tisch. Rate mal, Lercha, was ich heute gekocht habe, dein Lieblingsessen." Als aber Geriassa sah, daß ihr Kind geweint hatte, sagte sie: „Was ist geschehen? Du hast ja geweint! Deine Augen sind ja ganz rot." Geriassa schaute ihren Mann fragend an: „Sag du doch, was geschehen ist!" Spatzo war sehr traurig. „Ja, die Kinder haben sie verspottet. Warum kannst du dir ja denken." Obwohl sich Lercha ausgestoßen fühlte, ging sie noch zwei Jahre in die Schule, und sie wurde eine gute Schülerin. Eine Freundin fand sie allerdings nicht. Aber dafür hatte die Lehrerin sie ins Herz geschlossen. Auch die kleine Lercha mochte ihre Lehrerin sehr, und oftmals pflückte sie ihr einen bunten Blumenstrauß. Außerdem verstand sie sich gut mit Geriassa und Spatzo und hatte viele Tiere zum Spielen.
So lebte die Zigeunerfamilie ganz zufrieden bis zu dem Tage, an dem der König des Landes den Befehl gab, alle Zigeuner zu töten. Geriassa war an diesem Tag in dem kleinen Dorf, um Besorgungen zu machen. Da erfuhr sie von der alten Maria die

unglückliche Nachricht. Zu Tode erschrocken eilte Geriassa so schnell sie nur konnte nach Hause. Als ihr Mann sie kommen sah, sah er ihr an, daß irgendetwas geschehen sein mußte. Doch bevor er sie fragen konnte, rief sie voller Entsetzen: „Spatzo, ich habe eine schlimme Nachricht! Der König gab den Befehl, alle Zigeuner zu töten." In diesem Augenblick der Verzweiflung konnte Spatzo nichts anderes tun, als seine weinende Frau in die Arme zu nehmen und zu sagen: „Weine nicht, mein Liebes, wir sind doch machtlos gegen die Gleichgültigkeit der Menschen und gegen die Macht und Herrschsucht der Mächtigen." Während Geriassa in seinen Armen lag, kam über sie eine ungeheure Leere und Verzweiflung. Und sie schaute ihren Mann mit großen, traurigen Augen an und sagte: „Ja, mein Liebster, das Allerschlimmste aber ist, daß die klugen Leute in unserem Land Mund, Augen und Ohren verschließen und nichts tun gegen diese Grausamkeiten, die uns jetzt zugefügt werden." Und schluchzend fügte sie hinzu: „Man kann doch nicht ein ganzes Volk so einfach vernichten. Uns bleibt nichts anderes übrig, als in die Wälder zu flüchten; vielleicht können wir dort einige Jahre vor dem grausamen König sicher sein." Spatzo hörte seiner Frau zu, aber er schüttelte den Kopf; denn er schien mit ihrem Vorschlag nicht so recht einverstanden: „Das geht doch nicht", sagte er zu seiner Frau, „wie stellst du dir das vor, in die Wälder zu fliehen, denkst du denn gar nicht an Lercha? Wir wollten ihr doch ein geordnetes Leben geben. Und das weißt du doch genausogut wie ich, daß sie weiter zur Schule gehen muß." Doch Geriassa versuchte ihren Mann zu überzeugen, daß sie nun wirklich keine andere Wahl hätten. „Lercha wird den Wald als Lehrer bekommen, und schließlich ist es doch wichtiger, daß wir am Leben bleiben; denn was können wir sonst noch retten?"
Spatzo ging in den Stall und sattelte die Pferde. Dann holte er ein großes Zelt hervor und legte es auf eines der Pferde. Geriassa packte einige Töpfe, Bettzeug und Kleider zusammen. Viel brauchte die Familie ohnehin nicht, um im Wald leben zu können. Nur Lercha fand sich nicht so leicht damit ab, denn sie wollte ihre gewohnte Umgebung nicht verlassen. Erniedrigt, gedemütigt und

voller Angst machten sie sich auf und ritten in den tiefen Wald hinein. Doch bald fand sich die Zigeunerfamilie mit ihrem grausamen Schicksal ab, denn sie fühlte sich sehr wohl in Gottes freier Natur. Es gab viele Kräuter und Honig im Wald, und das Wasser war sehr gut in den Bergen. Die kleine Lercha lebte nun mit den Tieren des Waldes und den Bäumen, und oft schaute sie versonnen in die Baumwipfel und dachte bei sich:

Ein Baum ist doch etwas Großes, einen Baum darf man nicht töten, denn er gibt uns alles, was wir brauchen:
Im Frühling zeigt er uns, wo Wasser ist, und verwöhnt uns mit seinem Blütenduft.
Im Sommer ist er uns ein Dach vor der sengenden Sonne und schützt uns vor strömendem Regen.
Im Herbst gibt er uns goldenes Laub für ein warmes Lager und sättigt uns mit saftigen Früchten.
Im Winter erwärmen uns seine knorrigen Äste im Feuer.

Viele Jahre lebte Lercha nun schon mit ihren Eltern in den Wäldern, und sie war inzwischen ein schönes, großes Mädchen geworden. Ihr langes, schwarzes Haar fiel ihr weit über die Schultern. Jedoch in ihren dunklen Augen lag eine tiefe Traurigkeit; denn sie waren immer noch auf der Flucht.
Eines Tages sammelte Lercha Kräuter für ein Mittagessen. Dabei sang sie ein altes Zigeunerlied:

Muri wachsela anno senelo wech
channa lagi reili, reili muri
Muri wachsela anno monoto maio
channa lagi schuker
loli muri

Walderdbeeren wachsen in dem grünen Hain.
Diese Beeren werden meine Mahlzeit sein.
Walderdbeeren wachsen schon im Monat Mai,
Diese rote Frucht ist eine Leckerei.

Da hörte sie auf einmal ein Geräusch im Gebüsch. „Oje, was liegt denn da? Himmel, das ist ja ein Rehkitz. Es scheint verletzt zu sein!" Liebevoll nahm Lercha das kleine Reh in die Arme. „Komm her, mein Kleines", sagte sie, „du brauchst keine Angst vor mir zu haben, ich will dir ja nur helfen. Mir scheint, du hast das Bein gebrochen. Komm, ich trag dich zu uns ins Lager! Weißt du, meine Mutter wird dir bestimmt das Beinchen wieder heilen können." Und so lief Lercha mit dem Reh, so schnell sie nur konnte, ins Lager. Während Geriassa das Kitz versorgte, ihm einen Kräuterwickel auflegte und es dann mit einer warmen Decke zudeckte, kam der Vater vom Fischen nach Hause. „Nun Kind", sagte er zu seiner Tochter, „wo sind die Pilze, die Wurzeln und die Kuckucksblätter, oder essen wir heute Forellen ohne Gemüse? Schaut mal her, was für prächtige Fische ich gefangen habe! Und das mit bloßen Händen! Das muß mir erst mal einer nachmachen!" Geriassa lachte: „Aber das, was deine Tochter kann, kannst du noch lange nicht! Heb' mal die Decke auf und sieh, was darunter liegt!" − „Wie schön", sagte der Vater, „hast du das Reh gefunden?" Mit gesenktem Blick gab ihm Lercha die Antwort: „Ja, Vater, und dabei vergaß ich den Gemüsekorb." − „Das macht doch nichts", meinte Spatzo, „essen wir heute mal kein Gemüse!"

Und es verging wieder einige Zeit. Das Reh wurde groß und stark und begleitete Lercha überall hin, hörte auf den Namen „Busnie" und verstand sogar die Sprache der Zigeuner. Als die Familie an einem sonnigen Herbsttag wieder einmal mit ihren Pferden unterwegs war, entdeckte Lercha auf einer wunderschönen Lichtung eine prachtvolle Wiese. Dort blühten die Blumen und das Heidekraut. Die Bienen und Hummeln summten herum, und die Luft war erfüllt von würzigem Herbstduft. Es war ein herrlicher Tag. Lercha freute sich sehr daran, denn sie war ein echtes Naturkind. Und voller Begeisterung meinte sie: „Vater, bitte können wir hier auf dieser Lichtung Halt machen? Es ist so schön hier!" Der Vater aber wehrte ab und sagte: „Du weißt doch, daß wir hier nicht lagern dürfen! Überlege doch einmal: wenn uns hier jemand entdecken würde!" Lercha aber ließ sich so

schnell nicht abweisen: „Ach Vater, erfülle mir doch diesen Wunsch! Schau, dort fließt sogar ein Bach in der Nähe! Und ich müßte das Wasser einmal nicht so weit tragen." Während die beiden Pferde das grüne, saftige Gras fraßen, mischte sich die Mutter in das Gespräch der beiden ein: „Lercha hat recht, hier ist es sehr schön, komm, sei lieb, und sattle die Pferde ab; lass' uns hier ausruhen!" Da nahm Spatzo lachend seinen Hut vom Kopf, warf ihn auf den Boden und rief: „Gut, ihr beiden habt gewonnen, und weil Lercha so gern hierbleiben möchte, sollte sie im Wald nachschauen, ob es hier Pilze gibt." Glücklich holte Lercha den Pilzkorb vom Wagen und lief in den Wald hinein. Busnie, das Reh, aber nahm sie heute nicht mit, weil Jagdzeit war; es blieb zurück bei Spatzo und Geriassa, damit es dem Jäger nicht vor die Flinte lief!

Was aber die Familie nicht ahnen konnte, war, daß sich auch der König an diesem Tag mit seinem Gefolge auf der Jagd befand. Während er durch den Wald genau auf die Lichtung zuritt, sagte sein General: „Ein wunderschöner Tag heute; für die Jagd kann man ihn sich nicht besser wünschen." Daraufhin fragte der König: „Haben Sie auch unsere besten Hunde mitgenommen, General?" − „Jawohl", gab ihm der General zur Antwort, „ich habe die besten Hunde ausgesucht. Und ich versichere Ihnen, daß ihnen kein einziges Reh entgehen wird! Ich glaube, diese Jagd wird erfolgreich sein." Der König war aber an jenem Tag mit nichts zufriedenzustellen; denn er hatte besonders schlechte Laune. „Das wird sich erst zeigen, wenn diese Jagd beendet ist", meinte er. Da sah der General plötzlich ein Reh. „Mit Ihrer gütigen Erlaubnis", sagte der General zum König, „möchte ich gern dieses Reh erlegen". Der König aber war empört: „Was fällt Ihnen ein?" schrie er. „Dieses Reh gehört mir!" Er war jedoch nicht imstande, das Tier aufs Korn zu nehmen; denn das Reh hetzte von einer Seite auf die andere. „Da, schauen Sie", sagte der König, „jetzt läuft es auf eine Lichtung zu; nun mir nach!" Als der König auf die Lichtung ritt, sah er die Familie, die sich dort niedergelassen hatte. „Was sind das für Leute?" − „Ich glaube", sagte der General, „es handelt sich um Zigeuner." Der König traute seinen Ohren nicht. Wütend rief er: „Was sagen Sie da? Sie sind wohl von allen guten Geistern verlassen! Ich habe doch den Befehl gegeben, alle Zigeuner auszurotten! Wie kommt es, daß dieses Gesindel noch am Leben ist!?" Der General bangte nun selbst um sein Leben und versicherte dem König, seine Befehle genau ausgeführt zu haben. Aber der König ließ sich nicht beschwichtigen und schrie den General an: „Seien Sie still, Mann, die Folgen werden Sie bald erfahren! Denn so einen General wie Sie, der meine Anordnungen nicht exakt befolgt, kann ich in meinem Stab nicht gebrauchen. Man kann sich eben auf niemanden verlassen. Und nun wird es mir ein Vergnügen sein, die Zigeuner selbst zu töten." Damit ritt der König, gefolgt von seiner Hundemeute, auf das Lager zu und schrie: „Ihr Gesindel, lebt Ihr immer noch und habt die Frechheit, mit uns die gleiche Luft zu atmen? Nun hab ich's oft genug gesagt, jetzt seid Ihr des Todes". Als Lercha auf die Lichtung zukam, sah sie vom Waldrand her ihre Eltern vor dem König knien. Dann fielen zwei Schüsse, und die Eltern sanken tot zu Boden. Mit gesteigertem Befehlston rief der König: „Ob sich noch jemand in dem Zelt befindet? Schauen Sie nach, es muß noch ein Kind hier sein; denn dort auf dem Kissen liegt eine Puppe!" Lercha überkam eine unheimliche Angst. Und in ihrer Verzweiflung rannte sie in den Wald hinein, so schnell sie nur konnte. Sie suchte ein Versteck, in dem sie unterschlüpfen könnte. Da sah sie in ihrer Nähe eine große Tanne. Und mit allerletzter Kraft schleppte sie sich dorthin, denn der König war ihr dicht auf den Fersen. Das Herz klopfte ihr bis zum Halse. „O Gott!" weinte sie. „Meine lieben Eltern sind nun beide tot. Nun gibt es für mich keinen Frühling und keinen Sommer mehr!" Da senkte die große Tanne ihre Zweige und versteckte Lercha so gut, daß der König sie nicht sah, obwohl er direkt vor der Tanne stand. Er ritt mit seinem Gefolge weiter. Lercha ließ sich erschöpft auf das Moosbett unter ihrer Tanne fallen und schlief tief und fest ein. Lercha ist nie wieder aus diesem tiefen Schlaf aufgewacht; denn das, was man ihr angetan hatte, war so grausam, daß ihr Herz aufhörte zu schlagen. Der böse König regierte mit seinem Gefolge noch viele Jahre. Er brachte seinem Volk Kriege, Tod, Zerstörung und Hungersnöte. Die alte Maria, die kluge Frau, die damals unsere Zigeunerfamilie gewarnt hatte, sagte zu den Leuten:

„Immerfort habe ich es Euch gesagt, daß
Schweigen nicht immer Gold ist!"

Gott im Himmel hat Lercha im Tod wieder mit ihren Eltern vereint und der Tannen gedachte er besonders; denn ihnen schenkte er von nun ab ein immergrünes Kleid.

*Das war das Märchen von Lercha und der Tanne — und wir Zigeuner glauben, daß Gott im Himmel den Tannen das immergrüne Kleid gegeben hat, damit sich Menschen, die verfolgt werden, auch im Winter, wenn die anderen Bäume kahl sind, hinter dichten grünen Zweigen verstecken können.*
*Ich weiß, das Märchen von Geriassa, Spatzo und Lercha ist ein sehr trauriges Märchen, aber Du kannst mir glauben: Lercha und ihre Eltern sind nicht tot, sie leben weiter in allen Zigeunern. Und auch ihre Namen sind nicht vergessen. Wir haben noch die „Spatzen", die „Lerchen" und die „Kirschen" und viele andere schöne Namen, die die Zigeunerkinder tragen, z.B.: Drossel, Apfelblüte, Fliederbusch, Erdbeere, Traube, Hase, Vögelchen, Amsel, Blume, Rabe, Vergißmeinnicht, Reh, Geißlein, Igel, grüner Wald, Quelle, Birne, Gans, Fuchs, Huhn, Hahn.*

## Der weise Zigeunerkönig

Es war einmal ein frommer Zigeunerkönig. Er liebte über alles die Muttergottes. Eines Tages nun versprach er ihr eine Wallfahrt, um ein Opfer für sie darzubringen.

Da erschien ihm die Muttergottes eines Nachts im Traum und sprach: „Du bist wahrhaft ein guter Zigeunerkönig, und darum möchte ich dir als Dank für deine guten Taten einen Wunsch erfüllen. Erbitte, was immer du willst, und es soll dir an nichts mangeln." − „Ach", sprach der Zigeunerkönig, „du hast deinen Knecht zum König gemacht, so bitte ich dich, gib deinem Knecht ein verständiges Herz, sein Volk weise zu regieren und zu unterscheiden zwischen dem Guten und dem Bösen."

Diese Bitte gefiel der Muttergottes, und sie sprach zu ihm: „Weil du solches erbeten hast und nicht langes Leben, Reichtum oder Tod deiner Feinde, so werde ich dir ein weises und verständiges Herz geben, daß keiner dir gleich sei; dazu aber auch das, was du dir nicht erbeten hast: Reichtum, Ehre und ein langes Leben", und dann war die Muttergottes auf einmal wieder verschwunden.

Der junge Zigeunerkönig hatte bald Gelegenheit, seine Weisheit zu zeigen, denn es kamen zu ihm zwei Männer mit einer Klage. Der eine sprach: „Ein jeder von uns hatte eine wertvolle Geige. Die Geige dieses Mannes fiel zu Boden und ging entzwei. Da stand er mitten in der Nacht auf und nahm die meinige." Der andere aber sagte: „Nein, es war nicht meine Geige, die zerbrach. Diese Geige habe ich nicht gestohlen, sie hat schon immer mir gehört." Und so stritten sie miteinander, bis der junge Zigeunerkönig schließlich Einhalt gebot: „Nun, wenn ein jeder behauptet, diese Geige gehöre ihm, so teilt sie halt in zwei Teile, und ein jeder von euch nehme eine Hälfte." − „Ja", sagte der eine Mann, „teilet sie, sie sei weder mein noch dein."

Doch als der andere dies vernahm, rief er aus Liebe zu seiner Geige und aus Liebe zu seiner Kunst entsetzt aus: „Nein, gebt sie dem anderen, aber teilt sie nicht, die schöne Geige, es wäre zu schade drum", und dann warf er noch einen letzten sehnsüchtigen Blick auf die Geige.

Der Zigeunerkönig aber sprach: „Gebt diesem Mann die Geige, der sie hat verschenken wollen, denn sie kann nur sein Eigentum sein."

Alle Zigeuner hörten von diesem Urteil, und sie sahen, wie weise und gerecht ihr König war.

# Das Lichtlein

Es war einmal ein Zigeuner; er war furchtbar arm und wurde
deshalb von allen Leuten verachtet. Wie gern hätte er sich mit
seiner Hände Arbeit das tägliche Brot verdient. Aber da gab es
niemanden in dem kleinen Dorf, bei dem er hätte Arbeit finden
können. Die Menschen machten sich lustig über ihn und
verlachten ihn, nur weil er ein Zigeuner war und anders aussah als
sie. So versuchte er, sich sein Geld mit der Musik zu verdienen.
Seine Musik war sehr schön. „Vielleicht", so dachte er, „werden
mich die Menschen durch meine Musik besser verstehen lernen."
Eines Tages wurde seine Frau schwer krank. Als sie so elend
darniederlag und der arme Zigeuner kein Geld hatte, um Medizin
für sie zu kaufen, nahm er in der höchsten Not seine Harfe und
ging ins Dorf um zu musizieren.
Es war schon Nacht, als er schließlich heimging, ohne einen
Pfennig verdient zu haben. Doch irgendwie spürte er auf einmal,
daß sich in dieser Nacht etwas Ungewöhnliches ereignen werde.
Dunkel war es, und alles sah unheimlich, fast gespenstisch aus,
der Mond und die Sterne hatten sich hinter den dicken Wolken
verkrochen, und ganz in der Ferne war der Schrei eines
Käuzchens zu hören. Langsam schlenderte er durch den Wald,
und weil er so traurig war und ganz in Gedanken versunken,
merkte er nicht, wie er plötzlich vom Weg abkam und immer
tiefer und weiter in den dunklen Wald geriet. Erst als der Wald
immer dichter und es ihm gar zu unheimlich wurde, erkannte er
seinen Irrtum; er merkte, daß er sich verlaufen hatte. Danach
irrte er durch den Wald und konnte einfach nicht wieder
herausfinden. Als er so mutlos durch die Gegend irrte, entdeckte
er plötzlich in der Ferne ein Licht in der dunklen Nacht. Er ging
auf das Licht zu und fand es schließlich auf einem Stein. Es
funkelte und glänzte in die Nacht hinein.
Da sagte der Zigeuner: „Wer vergaß, dich zu löschen? Du
könntest doch durch deine Flamme den ganzen Wald vernichten."
So versuchte er das Lichtlein zu löschen, aber so sehr er sich auch
anstrengte, es gelang ihm einfach nicht. Das Lichtlein sprang von

einer Seite auf die andere und es schien, als habe es seinen Spaß dabei. Endlich hatte der Zigeuner es doch gefangen, und als er die Flamme gerade austreten wollte, fing das Lichtlein mit menschlicher Stimme an zu sprechen:

„Ich bitte dich, laß mich frei; ich werde dir auch jeden Wunsch erfüllen."

Der Zigeuner schaute verdutzt, aber das Lichtlein fuhr fort: „Du brauchst nur zu sagen: ‚Nach des Lichtlein Willen soll mein Wunsch sich erfüllen', und so wird alles, was du dir wünschst, in Erfüllung gehen."

Der Zigeuner zuckte mit den Achseln, ließ das Lichtlein wieder frei und sprach, wie es das Lichtlein geheißen:

„Nach des Lichtlein Willen soll mein Wunsch sich erfüllen."

Kaum hatte er das gesagt, sah er auf dem Stein, auf dem er das Lichtlein gefunden hatte, eine wunderschöne Frau sitzen. Sie war ganz in Weiß gekleidet, ihr goldblondes Haar fiel ihr über die schmalen Schultern, und sie weinte vor Freude, denn die Stunde ihrer Erlösung war gekommen. Mit zarter Stimme sprach sie:

„Nun sollst du mir deinen Wunsch nennen, und er soll dir erfüllt werden."

Geblendet von ihrer Schönheit sagte der Zigeuner schließlich:

„Nach des Lichtlein Willen soll mein Wunsch sich erfüllen; zwei Pferde und eine Kutsche mit Goldstücken beladen, sollen mich nach Hause tragen."

Kaum hatte der Zigeuner das gesagt, da saß er in einer prachtvollen, reichbeladenen Kutsche. Zwei edle Schimmel waren davorgespannt, und in Windeseile ging es durch den finsteren Wald nach Hause. Noch einmal drehte er sich um und sah, wie die schöne, gute Fee mit einem Lächeln auf den Lippen in der Ferne verschwand.

Mit dem Gold kaufte er die beste Medizin, und so wurde seine Frau schnell wieder gesund. Voller Glück beschenkte der Zigeuner seine Frau mit den kostbaren Goldstücken.

Von der Zeit an tragen die Zigeunerinnen mit Vorliebe Goldstücke.

*Jetzt möchte ich Dir ein anderes Märchen erzählen, eine lustige Geschichte von den Zigeunerkindern und dem Hasen. In dieser Geschichte singen die Zigeunerkinder ein Lied. Es ist ein einfaches Lied, Du kannst es schnell nachsingen, entweder in Deiner Sprache oder in „Romanes" — so heißt die Sprache der Zigeuner.*

## Wie der Hase den Zigeunerkindern das erste Mal bunte Eier malte

Es war einmal ein Hase, der bewohnte im Wald einen wunderschönen Baum. Er war ein guter Maler, beinahe ein Künstler; freilich ein wenig merkwürdig für einen Hasen, aber was macht das schon? Doch er hatte großen Kummer, dieser Hase; denn niemand verstand seine Kunst, niemand mochte seine Bilder kaufen, und so bekam der Hase auch kein Geld und war sehr arm und natürlich sehr traurig darüber, wie Ihr Euch vorstellen könnt.

Eines Tages nun ging der Hase im Wald spazieren, als er plötzlich durch ein fröhliches Kinderlachen aus seiner Träumerei aufgeschreckt wurde. Und als er näherkam, da sah er Zigeunerkinder, sie tanzten in ihren bunten Kleidern um ein Lagerfeuer herum.

Versonnen schaute der Hase den Kindern eine Weile zu. Da entdeckten die Kinder auf einmal den Hasen und liefen zu ihm hin, und als die Zigeunermutter die Kinder zum Essen rief, da luden sie auch den Hasen ein, und der Hase ließ sich die köstlichen Gerichte der alten Mamie gut schmecken. Nun, wie hätte es auch anders sein können, wo die Zigeuner doch weltbekannt für ihre gute Küche sind! Das war ein Lachen und Lärmen, als sie alle dort um den großen Tisch saßen, und sie sangen ein altes Lied:

Pappi, Pappi della i latscho prodella
della i latscho begaben
della i latscho chaben.

Gänslein, Gänslein brodelt in der Pfanne,
ist ein guter Braten!
Gibt ein gutes Essen!

Für eine Zeitlang hatte der Hase seinen Kummer vergessen, aber
so richtig fröhlich sah er eigentlich nicht aus. Voller Mitleid
schauten ihn die Zigeunerkinder mit ihren großen dunklen Augen
an und fragten ihn: „Sag nur, was hast du denn, warum schaust du
nur immer so traurig aus?" – „Ach", sagte der Hase, „ich habe
großen Kummer. Ich male so schöne Bilder, aber niemand mag
meine Bilder, niemand kauft mir auch nur eines ab, und darum
habe ich keinen einzigen Heller in der Tasche und bin furchtbar
arm."
Da überlegten die Zigeunerkinder, wie sie dem Hasen wohl
helfen könnten. „Ich habe eine Idee", rief da ein Zigeunerjunge,
„wir machen Musik im Dorf, und das Geld, was wir dort
verdienen, werden wir ganz einfach dem Hasen schenken."
Die Zigeunerkinder holten alle ihre Musikinstrumente und gingen
hinunter ins Dorf. Sie wußten, daß es nicht so ganz einfach war,
an das Geld anderer Leute zu kommen, aber wenigstens
versuchen wollten sie es, dem armen Hasen irgendwie zu helfen.
Als die Kinder im Dorf angekommen waren, begannen sie zu
musizieren, und sie spielten ein Lied schöner als das andere.
Da schauten wohl ein paar Leute aus den Fenstern heraus und
hörten ihnen zu, aber niemand gab den Kindern auch nur einen
einzigen Heller. Das war schon sehr traurig für die Kinder und
ganz besonders natürlich für den Hasen.
Doch schließlich kam eine alte Bäuerin auf sie zu und sagte: „Ihr
habt wunderschöne Lieder gespielt, aber in diesem Dorf wohnen
nur arme Leute, und sie haben kaum Geld, darum möchte ich
jedem von euch als Dank für die schöne Musik ein paar Eier
schenken." Die Kinder nahmen die Eier, aber ihre Enttäuschung

konnten sie kaum unterdrücken. Was sollte der arme Hase denn bloß mit all den Eiern machen? Entmutigt begaben sie sich auf den Heimweg.

„Wir müssen uns etwas anderes ausdenken", sagten sie schließlich. „Aber was?" – „Die Mamie könnte uns ja die Eier kochen", sagte Pedro mit dem krausen Lockenkopf. „Und dann", riefen die anderen, „was soll der Hase mit den gekochten Eiern machen?" – „Nun, vielleicht könnte uns der Hase schöne bunte Bilder darauf malen, vielleicht mögen die Leute seine Bilder, wenn sie auf den Eiern sind."

In der Tat, der Pedro war gar nicht so dumm; denn bunte Bilder auf Eiern, das hatte es damals noch nie gegeben. So kochte die Mamie die Eier, und der Hase malte wunderschöne Bilder darauf. Sobald er mit der Arbeit fertig war, sammelten die Kinder die Eier und gingen damit in die Stadt auf den Markt. Als die Leute die bemalten Eier sahen, waren sie alle ganz begeistert und entzückt riefen sie „Ah" und „Oh".

Und was glaubt Ihr wohl, im Nu wurden alle bunten Eier verkauft, und die Zigeunerkinder hatten eine Menge Geld dafür bekommen. Sie waren froh, daß sie dem armen Hasen nun doch noch hatten helfen können.

Unser Hase zog, frei von Sorgen, fröhlich und vergnügt, zurück in den tiefen Wald und malte den Zigeunerkindern als Dank viele bunte Eier. Von der Zeit an machten die Zigeunerkinder jedes Jahr ein Fest daraus.


*In dem Märchen von den Zigeunerkindern und dem Hasen konntest Du lesen, daß die Zigeunerküche besonders gut ist. Besonders im Frühling kann man aus frischen jungen Wald- und Wiesenpflanzen wunderbare Gemüse und Salate zubereiten. Und an dem Tag, an dem die Kinder den Hasen eingeladen hatten, kochte die Zigeunermutter gerade Kuckuckskleesuppe. Wenn Du im Frühling im Wald gut aufpaßt, kannst Du Kuckucksklee finden, und die Suppe kochst Du dann so:*

## Kuckuckskleesuppe

Für vier Personen brauchst Du zwei Liter Fleischbrühe von einem
Suppenhuhn. Dazu gibst Du fünf dicke oder acht kleinere
Kartoffeln in kleine Würfel geschnitten und läßt sie mit dem
Huhn garkochen.

Dann nimmt Du das Huhn aus der Brühe und gibst die sauber
gewaschenen und von den Würzelchen abgelösten Blätter und
Stengel des Kuckucksklees in die Brühe. (Der Kuckucksklee
heißt in manchen Gegenden auch Hasenklee oder Waldklee oder
Sommerklee, und Du brauchst mindestens einen mittelgroßen
Handkorb voll davon.)

Wenn alles noch einmal aufgekocht ist, nimmst Du den Topf von
der Flamme oder Platte. In einer kleinen Pfanne machst Du dann
eine Mehlschwitze oder Mehlbrenne aus zerlassener Butter und
zwei Eßlöffeln Mehl und gibst sie an die Suppe. Wenn sie dann
noch einmal aufkocht, muß sie kremig werden. Jetzt mit etwas
Salz, Pfeffer und Paprika abschmecken und die zartesten Stücke
vom Huhn zerkleinert in die Suppe legen. Die Suppe servierst Du
mit ungesüßter, geschlagener Sahne garniert.

*In dem folgenden Märchen, welches ich Dir erzählen will, kocht
Amschla ihrem Senelo eine besonders gute Suppe aus Brennesseln.
Was, das glaubst Du nicht, weil Du Brennesseln nur als brennendes,
juckendes, schmerzendes Unkraut kennst? Im Frühling, wenn die
Brennesseln noch ganz junge Pflänzchen sind, mußt Du sie
suchen, denn dann brennen sie nicht.
Ich verrate Dir das Rezept dazu:*

## Brennesselsuppe

Die Brennesseln werden in Wasser weichgekocht, so daß man sie
wie Spinat kleinhacken kann. Dann läßt man Zwiebelstückchen in
der Pfanne mit Öl oder Butter glasig werden, legt die gehackten
Brennesseln hinein und würzt mit Salz, Knoblauch, Muskat,
Pfeffer und gestoßenem Rosmarin. Man dickt das ganze mit etwas
Mehl an und gießt mit dem Wasser auf, in dem vorher die
Brennnesseln gekocht wurden.

Dazu gibt man Grießnockerln, die macht man so:
Man kocht einen steifen Grießbrei. Dazu gibt man Salz, Muskat, zwei Eigelb, drei Eiweiß, sticht mit dem Teelöffel kleine Klößchen aus und gart diese in kochendem Salzwasser.

Besonders fein wird die Brennesselsuppe mit den Grießklößchen, wenn man sie vor dem Servieren mit geschlagener, ungesüßter Sahne garniert.

*Allerdings hatte Amschla damals nicht alle diese guten Zutaten. Die Suppe hat dem Senelo trotzdem gut geschmeckt. Denn wenn man Hunger hat, schmeckt einem auch das einfachste Essen. Jetzt will ich Dir aber erst einmal das Märchen von Amschla und Senelo erzählen.*

## Seit wann der Himmel voller Geigen hängt

In einem kleinen Wohnwagen, auf einer Lichtung im Walde, lebte einst Senelo mit seiner Frau Amschla. Senelo hackte Holz vor dem Wagen. Müde und hungrig kam er zur Tür herein. „Ach, Amschla, nun habe ich so viel Holz geschlagen, da könntest du uns ein gutes Essen machen, aber wie du siehst, sind die Kirchenmäuse reicher als wir. Die finden wenigstens ab und zu mal einen Brotkrümel." Amschla schaute ihn zärtlich an, und wehmütig sagte sie: „Ja, wie gern hätte ich dir mit dem Holz, das du geschlagen hast, eine gute Mahlzeit gemacht." Verzweifelt und niedergeschlagen erwiderte Senelo: „Könnte ich nur mit meiner Hände Arbeit das tägliche Brot für uns verdienen, doch da gibt es niemanden, der mich haben will. Die Menschen machen sich lustig über mich – nur weil ich eben ein Zigeuner bin. Stell dir mal vor, die ganze Woche war ich in der Stadt: Montag am Kirmesplatz, Dienstag auf dem Markt, Mittwoch im Gasthaus zur Krone. Die Finger hab ich mir wundgespielt. Ich habe die schönsten Lieder, die ich kenne, gespielt; aber keiner wollte sie hören." Amschla schaute ihn mit großen, traurigen Augen an:

„Ach, Senelo", erwiderte sie, „du hast ja so recht. – Aber sag'
mir, was können wir denn tun? So kann es wirklich nicht
weitergehen." Und nachdem sie eine Weile nachgedacht hatte,
sagte sie mit schwerem Herzen: „Versuche es doch einmal bei
dem reichen Schloßherrn in der Stadt. Ich habe gehört, er soll
eine große Pferdezucht besitzen und Leute suchen, die gut mit
Tieren umgehen können. Und du bist ja von Kindesbeinen an mit
Pferden vertraut."
„Weißt du", sagte Senelo traurig, „die Leute glauben uns halt
nicht, daß wir auch arbeiten wollen. Aber so ist es eben, wenn
man zu seinen Mitmenschen kein Vertrauen hat." Amschla setzte
sich wieder vor den Wohnwagen auf die Türschwelle und meinte:
„Senelo, versuch' es doch einmal bei dem reichen Schloßherrn;
vielleicht hast du Glück!"
Senelo holte tief Luft: „Nun gut", sagte er dann schließlich zu
seiner Frau, „dann werde ich mich eben auf den Weg zu deinem
Schloßherrn machen. Ich hoffe ja nur, daß ich dir diesmal ein
paar Kreuzer in den Schoß legen kann."
Damit machte sich Senelo auf den Weg. Amschla schaute ihm
noch lange nach, und sie schwankte zwischen Trauer und
Hoffnung.
Schließlich kniete sie unter freiem Himmel nieder und sprach:
„O, heilige Mutter Gottes, gib doch dem Schloßherrn den
Gedanken ein, daß er meinem Senelo ein klein wenig Liebe
entgegenbringt, damit wir endlich wieder einmal eine warme
Mahlzeit kochen können."
Als Senelo am Schloß angekommen war, klopfte er an die
schwere Eichentür. Einer der Knechte meldete sich mit rauher
Stimme: „Wer da?" – „Ich bin's, Senelo", gab er ihm zur
Antwort, „ich möchte bitte den Schloßherrn sprechen!" Der
Knecht aber fragte ihn: „Was willst du von unserem Herrn?" –
„Ich habe gehört, dein Herr sucht Leute, die von Pferden etwas
verstehen." – „Nun gut", sagte der Knecht, „dann warte hier
einen Augenblick, ich will gern meinen Herrn fragen, ob er noch
Leute braucht." Senelo stand nun draußen im Gang und wartete.
Nach einer langen Zeit rief ihn endlich der Knecht herein. „Du

sollst zu meinem Herrn kommen." Freundlich bedankte sich
Senelo. Mit dem Gefühl, als hätte er Blei an den Füßen, betrat er
den Raum des Schloßherrn. „Grüß Gott, hoher Herr", sagte
Senelo, „helft mir, ich lebe in großer Not. Meine Frau und ich
haben schon seit Tagen nichts mehr zu essen." Der Schloßherr
schaute ihn ungeduldig an: „Nun gut", sagte er, „dann geh' in den
Stall zu den Pferden." Senelo verneigte sich und sagte: „O ja,
Herr, meinen untertänigsten Dank, ich will versuchen, mein
Bestes zu tun. Ihr sollt zufrieden sein!" Der Schloßherr schaute
Senelo ungläubig an und erwiderte: „Wir werden sehen. In drei
Tagen sprechen wir uns wieder. Ist deine Arbeit gut, so ist sie mir
20 Kreuzer wert." Sebastian, der Knecht, packte Senelo am
Rockärmel: „Komm, ich zeig' dir den Stall. Ich heiße übrigens
Sebastian", stellte er sich vor. „Da drüben geht's lang." Und
Sebastian öffnete die Stalltür und zeigte Senelo, wo er sein
Nachtlager aufschlagen könne. Als nun Senelo so in Gedanken
versunken seine Augen durch den Stall schweifen ließ, vernahm
er das Schnaufen, Stampfen und Wiehern der Pferde. Es roch
nach Heu und Hafer. Da kam auch schon Sebastian und sagte:
„Nimm dort ein Bund Stroh und hier ist eine Decke. Bereite dir
ein Lager für die Nacht! Und für morgen früh stehen dort die
Eimer, an der Wand hängen Bürste und Striegel; den Hafer und
die Kleie holst du hier aus dieser Kiste. Und nun wünsche ich dir
eine gute Nacht." − „Dir auch eine gute Nacht", sagte Senelo.
Dann begab er sich zur Ruhe.
Drei Tage arbeitete Senelo bei dem reichen Schloßherrn. Er hatte
seine Arbeit schnell und gut verrichtet; denn er kannte sich mit
Pferden bestens aus. Senelo war überglücklich in der Erwartung,
jetzt für seine Arbeit den versprochenen Lohn zu bekommen. Als
Sebastian über den Hof kam, sagte er freundlich zu ihm: „Heute
ist also der letzte Tag für mich bei deinem Herrn. Ich hoffe, daß
er mit mir zufrieden war." Und fragend schaute Senelo den
Sebastian an. Gütig nickte der Knecht mit dem Kopf, „Ja, ja",
sagte er, „für mich warst du eine große Hilfe. Komm, nimm erst
noch dein Frühstück ein und geh dann zum Herrn und laß dir
deinen Lohn geben!" Senelo war sehr fröhlich und bedankte sich

für alles. Dann ging er über den Hof zum Herrenhaus und klopfte eiligst an die Tür. Schüchtern, aber doch sehr freundlich, sagte Senelo: „Guten Tag, hoher Herr, mit Verlaub, hoher Herr, die drei Tage sind vergangen, und nun möchte ich meinen Lohn abholen." Und dabei streckte er seine Hand aus. „Aber mehr als zwei Kreuzer", sagte der Schloßherr barsch, „war mir deine Arbeit nicht wert."

Da war der arme Senelo entsetzt. Vor lauter Wut fing er an zu stottern und brachte fast kein Wort mehr heraus. Schließlich sagte er dann mit großer Mühe: „Für all meine Arbeit − nur zwei Kreuzer?!" Da entgegnete der Schloßherr herrisch und voller Hohn: „Kauf dir einen Laib Brot dafür und geh nach Hause!" Traurig wandte sich Senelo zur Türe, aber er drehte sich noch einmal um und sagte: „Ich habe gelernt:

> Eines Menschen Ja sei ein wahrhaftes Ja −
> sein Nein ein wahrhaftes Nein.

Bevor ich aber gehe, möchte ich Euch noch etwas sagen, mein Herr: Eure Augen sind die Fenster zu einer Welt voller Haß und Geiz. Doch wenn Ihr einmal sterben müßt, ein Totenhemd hat keine Taschen."

Wutentbrannt packte der reiche Schloßherr den armen Senelo am Arm und schimpfte: „Scher' dich raus, du Zigeuner!" Als hinter ihm die Tür zuflog, weinte Senelo über die Grausamkeit des reichen Schloßherrn: „Was habe ich für ein Leben, nun sitzt meine Amschla schon drei Tage allein zu Hause und hat noch nichts zu essen. Wie gern hätte ich ihr ein schönes Tuch mitgebracht! Bestimmt wäre sie vor Freude in die Luft gesprungen. Was bleibt mir nun anderes übrig, als wenigstens Brot für meinen kärglichen Lohn zu kaufen."

Als Senelo nach Hause kam, lief ihm Amschla erwartungsvoll entgegen, aber sie sah gleich, daß ihr Mann betrübt und mit leeren Händen zurückkam. „Ach Senelo", rief sie ihm zu, „hast du mir nichts mitgebracht?" − „Hier", sagte er, „einen Laib Brot, dies ist der kärgliche Lohn für drei Tage Arbeit." Und Senelo erzählte seiner Frau, was ihm widerfahren war. „Ach, mach' dir nichts draus", lachte dann Amschla,

„es ist besser, der Schweif bei den Löwen,
als der Kopf bei den Füchsen zu sein.

Komm in den Wagen, ich habe eine Brennesselsuppe mit Knoblauch gekocht. Und dazu essen wir eben noch ein Stückchen Brot!" Sorgenvoll schaute Senelo seine Frau an: „Was fangen wir denn nun an? Die Nächte sind schon sehr kalt hier draußen, und bald beginnt der Winter. Die ersten braunen Blätter tanzen schon im Wind." − „Ja", sagte Amschla.
In Gedanken versunken aßen beide die kärgliche Suppe. „Du, Amschla", Senelo schaute seine Frau liebevoll an, „was du gekocht hast, ist ein einfaches Mahl, aber es schmeckt köstlich!" Danach stellte Amschla das Geschirr zusammen, und Senelo ging nach draußen. Er sah, daß noch viel Holz vor dem Wohnwagen lag und sogleich rief er: „Du, Amschla, es liegt noch viel Holz draußen, wenn du willst, machen wir uns ein lustiges Feuer!" „Das ist ein guter Einfall", meinte Amschla, „komm', nimm deine Geige und spiele ein schönes Lied!"
Als Senelo mit seinem Spiel begann, stiegen die traurigen Weisen bis zum Himmel empor.
Im Himmel lebte zu jener Zeit ein häßlicher, zwergenhafter König. Er hörte diese Klage, und voller Mitleid mit dem armen Senelo beschloß er, ihm zu helfen. Er bat den lieben Gott, er möge ihn zur Erde fahren lassen, um Menschen, die in Not sind, helfen zu dürfen. „Nun gut", sagte der liebe Gott, „einen Tag hast du Zeit, die gute Tat auf der Erde zu vollbringen."
Der König fuhr nun zur Erde, und plötzlich stand er vor dem Wohnwagen der Zigeuner. Vor Schreck hätte Senelo fast seine Geige fallen lassen. „He, was gibts", lachte der zwergenhafte König und betrachtete Senelo von Kopf bis Fuß. „Habe ich dich denn so erschreckt, daß du mit Singen und Spielen aufhörst?" − „Ja, woher kommst du denn so plötzlich", erwiderte Senelo, „mir schien, als wärst du vom Himmel gefallen. Und eine so schöne

Flöte hast du bei dir!" – „Ach lieber Freund", sagte da der König, „du hast ja ein noch viel schöneres Instrument, und spielen kannst du wundervoll darauf." Da spielte Senelo dem Gast eine schöne Zigeunerweise, und dabei klangen die traurigen Töne seiner Geige bis weit in die Ferne, verloren sich in der weiten Ebene und bildeten ein Echo, das des armen Senelos Schicksal beklagte.

Plötzlich hörte man, wie eine zarte Flötenmelodie dazu kam. Es war des Königs Flötenspiel, das Senelo begeisterte, und die beiden spielten viele Lieder, eines schöner als das andere.

Amschla machte sich Gedanken, woher wohl der kleine Mann gekommen war. Nach einer Weile nahm sie sich ein Herz und fragte ihn: „Wo kommst du denn her?" Mit knarrender Zwergenstimme erwiderte er: „Vor vielen Jahren besaß ich einmal ein wunderschönes Schloß. Es befand sich hier an dieser Stelle, auf der jetzt dein Wohnwagen steht. Weil ich aber so häßlich und klein war, fand ich keine Menschen, die mit mir zusammen leben wollten, und darüber starb ich an gebrochenem Herzen. Aber Gott schickte mich zur Erde, um noch einmal eine gute Tat zu vollbringen!" – „Sag, woher kannst du denn so gut Flöte spielen, das war ja einfach himmlisch!" fragte Senelo. Der König war nun ganz geheimnisvoll. „Weißt du, ich habe eine Idee, wie man dir helfen kann, deiner Not ein Ende zu machen. Komm, wir wollen in die Stadt gehen, du spielst Geige und ich die Flöte!" – „O nein", wehrte Senelo mutlos ab, „damit verdienen wir nicht einen einzigen Heller!" Der König war jedoch anderer Meinung: „Wir können es doch einmal versuchen, du darfst jetzt nicht einfach den Mut sinken lassen!" – „Hm", sagte Senelo nach einer Weile, „bedenke doch, du bist klein und häßlich, und damit will ich dir ganz bestimmt nicht weh tun – und dazu bin ich noch ein Zigeuner! Und deswegen, weißt du, mögen uns die Leute bestimmt nicht." Amschla aber war anderer Meinung. Zuversichtlich sagte sie zu ihrem Mann: „Versucht es doch einmal, vielleicht haben wir jetzt ein bißchen Glück. Und schließlich läßt sich der Wagen ja zu dritt leichter ziehen!" – „Nun gut", gab ihr schließlich Senelo zur Antwort, „dann wollen wir es halt noch einmal versuchen."

Am nächsten Tag zogen sie zu dritt in die Stadt. Dort angekommen, begannen Senelo und der König zu musizieren. Amschla freute sich über all die fröhlichen Menschen; denn so einen schönen Markt hatte sie noch nie gesehen. Auch schien den Leuten die Musik zu gefallen, denn sie riefen immer wieder: „Weiterspielen, weiterspielen!" Und viele klatschten Beifall. Senelo war darüber erstaunt und sehr glücklich. „Du, mein kleiner König", sagte er, „es ist wie ein Wunder, denn nicht eine einzige Seele ging an uns vorbei, ohne uns ein Goldstück zuzuwerfen. Dieser Reichtum hält nun schon ein paar Stunden an! Wenn das so weitergeht", lachte Senelo, „dann ist mein Wagen bald bis zum Rande mit Goldstücken gefüllt! Weißt du, das hätte ich im Leben nie gedacht, daß man so schnell reich werden kann." Froh und glücklich gab ihm der König zur Antwort: „Nun hast du genug Geld für dein ganzes Leben, mein lieber Freund! Aber weißt du, ich darf meine Zeit nicht überschreiten, die mir der Himmelskönig gewährt hat. So leid es mir tut − lebe wohl, und noch viele glückliche Jahre für dich und deine liebe Amschla."

Senelo schaute dem kleinen Zwergkönig traurig nach und dachte bei sich: „Es ist doch sonderbar, ich habe Brot gekauft und habe rote Rosen geschenkt bekommen. Wie glücklich bin ich, beides in meinen Händen zu halten."

Als nun der Zwergkönig am Himmelstor wieder angelangt war, öffnete Petrus die große Himmelstür: „Ach Petrus, es ist schön, daß du mich so einfach in den Himmel hereinläßt, da ich mich ohnehin schon etwas verspätet habe." Petrus schaute ihn an und sagte mit tiefer Stimme: „Ja, warum denn nicht; ich weiß ja, daß du eine wirklich gute Tat vollbracht hast. Nur so recht glücklich scheinst du mir aber nicht zu sein!" − „Ach weißt du", entgegnete der kleine König, „ich war bei den Zigeunern auf der Erde, und du kannst dir gar nicht vorstellen, wie diese armen Menschen verachtet werden. Und kein Mensch will sie auch nur haben. Ja, lieber Petrus", sagte der König weiter, „im Himmel ist ja alles wunderbar, überall wachsen duftende Blumen, die Vögel singen lieblich, die Engel spielen auf ihren Harfen, aber so wohl wie früher kann ich mich nicht mehr fühlen. Was nützt mir das alles, wenn es im Himmel keine Zigeuner gibt, mit denen ich musizieren kann!" – „Das ist doch ganz einfach", sagte Petrus, „suche den lieben Gott auf und erzähle ihm von deinem Kummer!"

Als aber Petrus sah, wie traurig der König war, ließ ihm dies keine Ruhe mehr und er ging selbst geradewegs zum himmlischen Vater. „Himmlischer Vater", sagte er, „da hinten auf einer kleinen Wolke sitzt unser kleiner König und ist schrecklich traurig." Verwundert schaute der Himmelskönig den Petrus an: „Aber, aber", sagte er, „im Himmel braucht man doch nicht traurig zu sein!" – „Doch, himmlischer Vater, Tag und Nacht weint er bittere Tränen, mit nichts kann man ihn aufmuntern. Noch nicht einmal der wunderschöne Gesang der Engel kann ihn erfreuen. Sogar das beste Manna verschmäht er. Tagsüber sitzt er auf seiner Wolke und weint leise vor sich hin. Und wenn ich ihn nach dem Grund frage, dann sagt er nur ‚Ohne meine geliebten Zigeuner ist der Himmel leer!'"

Und eines Tages ließ der liebe Gott die Zigeuner auch in den Himmel kommen. Als dann die Geigen der Zigeuner erklangen, hörte ihnen der himmlische Vater voller Bewunderung zu, nickte mit dem Kopf und sagte: „Wohlgefallen fandet ihr in meinen Augen und Ohren; von nun an soll es euch an nichts mehr mangeln". Der kleine König meinte dazu frohlockend: „Nun, mein Vater, habe ich Euch zuviel versprochen? Ich wußte gleich, daß es Musik für Eure himmlischen Ohren ist!"

Und der Himmelsvater sprach: „Ja, mein Sohn, du hast ganz recht, die Zigeunermusik ist wirklich wunderschön – und ich sage dir:

Von nun an hängt der Himmel voller Geigen!"

*In diesem Märchen ist sehr viel von der Wesensart der Zigeuner enthalten. Es zeigt Dir, wie die Zigeuner durch ihre starke Phantasie und ihre Naturverbundenheit immer wieder Kraft entwickelt haben, die ihnen Jahrhunderte hindurch geholfen hat, ihr teilweise schweres Schicksal leichter zu tragen. Ihre tiefe Gläubigkeit an Gott ist stark in ihnen verwurzelt, und sie erfinden die zauberhaftesten Himmelsgeschichten, die ihnen gleichzeitig Zufriedenheit und Bescheidenheit schenken. Aber es gibt nicht viele Zigeuner, die Geschichten aufgeschrieben haben; die Zigeuner haben ihre Märchen immer nur erzählt. Vor allen Dingen die Großmütter waren gute Erzählerinnen. Um sie scharte sich der ganze Stamm, um abends den Erzählungen zu lauschen. In den Geschichten ist sehr viel die Rede von Liebe und Sehnsucht, von Klage und Schmerz. Auch die Geige kommt immer wieder vor. Die lustigen Geschichten berichten gerne von klugen Zigeunern, die sogar den Teufel überlistet haben. Überhaupt spielt der Teufel, der in unserer Sprache übrigens „Beng" heißt, in den Vorstellungen der Zigeuner eine große Rolle. Er ist genauso wichtig wie der „Mulo". Das ist der Tod, der als Dämon sein nächtliches Unwesen treibt. Dieses Gespenst ist aber nicht so etwas wie der Gevatter Tod, der in Euren Märchen als Knochenmann dargestellt wird. Der Leib des „Mulo" hat keine Knochen. Dann gehören noch der „Tschor", das heißt Dieb, und der „Raschaj", der Priester, zu den beliebten Personen in unseren Erzählungen.*

## Der Teufelsgeiger

Es war einmal ein schlauer Zigeuner. Er hieß Schoschoi und hatte im kleinen Finger mehr Verstand als andere im Kopf.

Schon lange hegte Schoschoi den heimlichen Wunsch, einmal ein großer Geiger zu werden. Aber das war gar nicht so einfach! Eines Tages nun, als Schoschoi wieder einmal an einer Straßenecke saß und auf seiner Geige spielte, kam ein feiner Herr vorbei und sagte: „Spiel mir etwas vor."

Schoschoi tat, wie ihm der Herr befohlen hatte. Der feine Herr jedoch zog eine Grimasse nach der anderen und tadelte Schoschoi: „Nun ja", sagte er, „mit deinem Spielen scheint es ja nicht weit her zu sein. Wenn du aber einverstanden bist, werde ich einen weltbekannten Geiger aus dir machen."

Schoschoi nickte freudestrahlend.

„Allerdings", sprach der feine Herr weiter, „mußt du auf eine Bedingung eingehen."

„Nun ja", sagte Schoschoi, „welche Bedingung soll es sein?"

„Alles Geld, was du verdienst, werde ich bekommen, und wenn du einmal im Sterben liegst, bekomme ich deine Seele noch dazu." Da merkte Schoschoi, daß der feine Herr niemand anders als der Teufel war, aber weil Schoschoi nun einmal so gerne ein großer Geigenspieler werden wollte, überlegte er lange hin und her. Ach, dachte er, ich stehe ja mit dem Herrgott auf du und du, was kann mir der Teufel also schon anhaben. Und so sagte er schließlich dem feinen Herrn, daß er mit der Bedingung einverstanden sei.

Der Teufel aber hatte nicht mit der Schlauheit des Schoschoi gerechnet. Schoschoi wurde nun der beste Geiger, und er verdiente viel Geld.

Eines Tages kam der Teufel und wollte das Geld von Schoschoi abholen.

„Nun gebt, was Ihr mir schuldig seid", sagte er.

„Ach, lieber Herr", sprach Schoschoi da, „ich habe nicht einen Heller verdient."

Da wurde der Teufel sehr zornig und schrie: „Wenn du mir nicht bald das Geld gibst, was du mir versprochen hast, dann werde ich mir halt deine Seele holen."

„Tu das lieber nicht", bat Schoschoi, „ich werde dich auch reich belohnen. Heute abend muß ich im Schloß des Königs spielen und alles Geld, was ich dort erhalte, lieber Herr, sollt Ihr bekommen. Ich selbst werde nur mit den Brotkrümeln vorlieb nehmen!"

Der Teufel war einverstanden.

So spielte Schoschoi im Schloß des Königs und verdiente eine Menge Geld, was er an einem sicheren Ort versteckte.

Am nächsten Tag kam der Teufel wieder; da gab Schoschoi ihm das Säckchen mit den Brotkrümeln.

„Nun endlich", sagte der Teufel freudestrahlend.

Als der Teufel jedoch merkte, daß Schoschoi ihn angeführt hatte, wurde er wieder sehr wütend und sagte: „Wenn du mir jetzt nicht

das Geld gibst, dann werde ich deine Seele holen."

„Tu das lieber nicht", bat ihn Schoschoi, „denn heute abend
werde ich vor dem Kaiser spielen. Diesmal sollst du alle
Goldstücke bekommen, und ich werde mir nur die Silbermünzen
nehmen."

„Nun gut", sagte der Teufel nach einigem Zögern; denn zu
verlockend waren die Goldstücke des Kaisers.

So spielte Schoschoi am Abend vor dem Kaiser und bekam so viel
Gold, daß er sich davon einen wunderschönen Wohnwagen und
zwei rassige Pferde kaufte.

„Also", sprach der Teufel am nächsten Tag, „wo habt Ihr meine
Goldstücke?"

„Ach", sagte Schoschoi, „edler Herr, habt Verständnis, aber ich
mußte doch zuerst meiner Frau von den Goldstücken einen neuen
Wohnwagen kaufen.

Ihr habt doch den alten klapprigen Wagen gesehen. Was sollte ich
da machen?" Hier habt Ihr die Silbermünzen.

Da merkte der Teufel, daß Schoschoi ihn wieder betrogen hatte,
und rasend vor Wut rief er aus: „Diesmal werde ich deine Seele
bekommen."

„Nun ja", meinte Schoschoi da, „wenn du meine Seele
so unbedingt haben willst, dann nimm sie dir halt. Aber
weißt du, lieber Herr, du könntest wenigstens so lange
warten, bis ich meine Geige repariert habe. Sie ist mir
nämlich kaputtgegangen, und ich würde sie doch so gerne
mitnehmen, wenn du mich holst."

Die Augen des Teufels glühten: „Dieser eine letzte Wunsch soll
dir noch erfüllt werden", sagte er. Aber in Wirklichkeit wollte er
gar nicht Schoschois letzten Wunsch erfüllen, sondern er wollte
auch die wertvolle Geige haben.

Als der Teufel verschwunden war, flehte Schoschoi, der nun doch
in große Not kam, den Himmel an: „Ach, lieber Gott, noch nie in
meinem Leben hast du mich verlassen. Großes Unrecht tat ich,
als ich meine Seele dem Teufel versprach, doch ich bitte dich, hilf
mir noch einmal."

Der liebe Gott hatte Erbarmen mit dem armen Zigeuner und

schickte dem Schoschoi einen Schutzengel, der als Priester verkleidet war, zu Hilfe. Als der den traurigen Schoschoi vor seinem Wohnwagen antraf, fragte er ihn: „Was machst du denn für ein trauriges Gesicht, Schoschoi?"

„Was, du kennst mich?" fragte Schoschoi erstaunt.

„Natürlich, weil ich nämlich dein Schutzengel bin."

„So, und wie sollt' ich denn lustig und fröhlich sein, wo doch der Teufel auf mich wartet und meine Seele holen will, sobald ich meine Geige repariert habe?" – „Nun, ich weiß, daß du deine Seele dem Teufel verkauft hast, und ich will dir helfen. Wirst du mir auch versprechen, daß du, wenn ich dir den Teufel vom Halse geschafft habe, nie wieder im Leben deine Seele verpfänden wirst?"

Da kniete Schoschoi vor dem Priester nieder und flehte ihn an: „Oh, hochwürdiger Herr, alles werde ich Euch versprechen, nie wieder werde ich meine Seele verpfänden, nur bitte, bitte helft mir!"

Der Priester nickte freundlich und versteckte sich hinter dem Wohnwagen.

Als nun Schoschoi seine Geige repariert hatte, erschien der Teufel wieder: „Nun werde ich mir nehmen, was du mir schon lange schuldig bist!"

In diesem Augenblick kam der Priester herbei. Als der Teufel den Priester sah und das große Kreuz, daß er an einer Kette trug, erschrak er fürchterlich und sprang schnell in den Wohnwagen hinein. „Verrat' mich nicht," sagte er zu Schoschoi, „dann wird dir auch nichts geschehen."

Und weil Schoschoi so schreckliche Angst um seine arme Seele hatte, sagte er nichts. Indessen versteckte sich der Teufel in Schoschois Geige. Aber in der Eile gelang ihm diese Verwandlung nicht so gut, so daß am Kopf der Geige, noch zwei Hörner hervorschauten.

„Nun, Schoschoi", fragte der Priester, „was ist denn da in deinem Wagen?"

„Eine Geige", gab ihm Schoschoi zur Antwort. „Ich habe sie selbst gebaut." - „Oh", sagte der Priester, „wenn es eine Geige ist, so schaue ich sie mir gerne einmal an. Ich weiß, daß ihr Zigeuner gute Geigenbauer seid, und schon lange wollte ich mir einmal eine Geige kaufen."

Als der Teufel dies vernahm, verging ihm Hören und Sehen, und die Saiten der Geige zitterten wie Espenlaub, denn der Priester und das Kreuz kamen immer näher. Nie im Traum hätte er daran gedacht, daß der Priester so um die Seele des Zigeuners kämpfen würde.

„Sieh einmal an", sagte der Priester, als er die Hörner an der Geige sah, „da steckt ja der Teufel höchstpersönlich drin. Nun, dem werd' ich's schon zeigen."

Damit nahm der Priester die Geige in die Hand, griff den Bogen und fiedelte dem Teufel ein ganz besonderes Liedchen. Das war zuviel für den Teufel, und ehe sich Schoschoi und der Priester versahen, war der Teufel aus der Geige verschwunden. Er rannte durch den dichten Wald weg.

Der Priester, nicht faul, flitzte mit dem Geigenbogen hinter ihm her und jagte den Teufel in die Binsen. Danach hat er sich nie wieder blicken lassen. Der schlaue Schoschoi stand an seiner Wagentür und − noch ganz bleich im Gesicht − schwor er sich: „Nie wieder versuche ich, Außergewöhnliches zu vollbringen. In Zukunft tue ich lieber das Gewöhnliche ordentlich."

*Nicht nur Schoschoi war ein guter Geigenspieler und hatte seine Geige selbst gebaut, viele Zigeuner sind besonders geschickt im Umgang mit Instrumenten. Es gab tatsächlich Zigeunergeiger, die mit ihrem Spiel die Herzen der Zuhörer verzaubert haben und oft auch für Könige spielen durften. Sogar heute noch gibt es Zigeuner, die im niederländischen Königshaus als Musiker angestellt sind.*

*Mein nächstes Märchen erzählt dann die Geschichte von Snogo, der wunderschön Geige spielte, aber erst nach vielen Mühen von einem Grafen anerkannt wurde. Vorher will ich Dir aber erst noch die Geschichte von Pedro und Leila erzählen.*

# Die Hochzeitsreise

Es war einmal ein Zigeuner. Er war schon alt, sehr alt und hatte nur einen einzigen Sohn namens Pedro. Als der Vater starb, beschloß Pedro, sich nach einer ebenbürtigen Braut umzuschauen und zu heiraten. Er hörte von der wunderschönen Leila, die in einem fremden Land lebte, und diese wollte er freien. Er bestieg seinen Wohnwagen und fuhr über das weite Land, und dort fand er dann auch seine Leila. Pedro heiratete sie, und sie traten gemeinsam die Heimreise an. Nun waren sie schon einige Wochen unterwegs, als er eines Tages, es war schon gegen Abend, von weitem ein wunderschönes weißes Schloß sah. Es war umgeben von großen, schattigen Bäumen und einer wunderschönen grünen Wiese. Pedro war so angetan von dieser schönen Landschaft, daß er beschloß, dort zu übernachten; denn beide waren schon sehr müde von der langen Reise. Als Pedro gerade die Pferde ausspannen wollte, kam eine alte Dame vorbei und fragte ihn: „Wo kommst Du her, und was suchst Du hier?" Da sagte Pedro: „Aus fernem Lande komm' ich." Da meinte die alte Dame betrübt: „Dein Weg war recht, und doch war er nicht der rechte. Der Fürst hier in diesem Schloß ist ein bitterböser Mensch, er ist ein Menschenfeind. Dein Aufenthalt wird Dir hier keine Freude bringen, sondern bitteres Leid. Der Fürst tötet einen jeden, der sich hier blicken läßt." Pedro gab nichts auf ihre Worte, denn dazu war er viel zu müde, und es dauerte auch nicht lange, bis sich beide zur Ruhe legten. Pedro schlief tief und fest; Leila dagegen fand keine Ruhe, denn sie hatte schreckliche Angst vor dem grausamen Fürsten, und schließlich ging sie nachschauen. Plötzlich sah sie auf einem Rappen den schrecklichen Fürsten über die Wiese reiten; alles war still, kein Grashalm rührte sich; Leila wollte ihren Pedro wecken: „Wache auf, steh auf, ich bitte dich." In diesem Moment trat auch schon der böse Fürst ein und zückte sein Schwert, um Pedro den Kopf abzuschlagen. Ehe sich aber der Fürst versah, sprang Pedro zur Seite, nahm seine Klinge und sagte zu dem Fürsten: „Nein, es würde dir wahrscheinlich nicht zur Ehre gereichen, wolltest du einen Menschen im Schlaf hilflos erschlagen." Dann kämpfte Pedro mit dem Fürsten auf Leben und Tod. Der Fürst bemerkte sehr schnell, daß er mit Pedro kein leichtes Spiel hatte. Da stürzte der Fürst auch schon zu Boden. Pedro sah die Todesangst in seinen Augen, und der Fürst bat um sein Leben. Pedro überlegte nicht lange und streckte dem Fürsten die Hand hin. Da war der Fürst wie umgewandelt. Er drückte dem Pedro herzlich die Hand und sagte: „Vergiß meine bösen Worte, mein Freund, es wird nie mehr einen Kampf zwischen uns geben." Von der Stunde an wich das Böse, und die Liebe kehrte in das Herz des Fürsten ein. Und so wurden beide die besten Freunde. Der Fürst wurde wieder gerecht und sein Geist lebendig. Er lud Pedro und seine Frau Leila zu sich ein. Sie lebten in Glück und Frieden in dem weißen Schloß. Alle liebten und achteten den Fürsten; denn er herrschte gerecht und weise. Niemand brauchte Not zu leiden, es gab weder Zank noch Streit, weder Krieg noch Seuchen.

Pedro und Leila lebten schon eine ganze Weile in dem riesigen weißen Schloß. Er lebte nicht schlecht, der Pedro, denn er hatte alles, was sein Herz begehrte. Aber da nun Pedro ein echtes Naturkind war, bemerkte er sehr schnell, daß er sich in einem goldenen Käfig befand. Es zog ihn wieder hinaus; denn Pedro wollte frei wie ein Vogel im Wind sein. So kam es, daß Pedro und Leila eines Tages Abschied nahmen von ihrem Freund, dem Fürsten. Dieser war darüber sehr traurig, nachdem er erkannt hatte, daß er sogar mit Gold und Geschmeide den Zigeuner nicht halten konnte. Zum Abschied sagte Pedro zu dem Fürsten: „Mein lieber Freund, merke dir eins: Güte in deinen Worten erzeugt Vertrauen, Güte in deinem Denken erzeugt Liebe!" Versonnen stand der Fürst noch lange auf der großen Schloßtreppe und dachte bei sich, was er doch früher für ein Tor war. Und von der Stunde an erinnerte er sich immer wieder voll Dankbarkeit an das, was ihn der kluge Zigeuner gelehrt hatte.

# Snogo

Es war einmal ein armer Zigeuner, der hieß Snogo.

Er hatte nichts als die Lumpen an seinem Leibe, einen kleinen Rucksack mit den wenigen Habseligkeiten – ja, und dann natürlich seine Geige. Es war eine wundervolle Geige; sie war alt, sehr alt, viel älter als Snogo selbst.

Er hatte sie von seinem Vater bekommen, damals, als er noch ein kleiner Junge war und mit dem Vater im Wohnwagen durch die Lande fuhr.

Aber dann, als sein Vater starb, hatte er den Wohnwagen verkaufen müssen, und lange hatte er sich die Geige angeschaut. „Nein, niemals werde ich mich von dir trennen", sagte er, hatte sich die Geige unter den Arm genommen und war mit ihr in die weite Welt gezogen.

Immer, wenn er unterwegs traurig wurde oder sich einsam fühlte, holte er die Geige aus dem Kasten, und wenn er den Bogen langsam über die Saiten führte, erklangen gar wundervolle Melodien. Dann kamen alle Vöglein herbeigeflogen und setzten sich in die Zweige des Baumes, unter dem Snogo saß, um zu den wundervollen Melodien zu zwitschern, und all die anderen Tiere des Waldes, der Hase, das Reh und der listige Fuchs, sie verloren ihre Scheu und kamen herbei, wenn sie Snogo auf seiner Geige spielen hörten, und dann wurde auch Snogo wieder sehr fröhlich. Aber die Menschen, die waren irgendwie ganz anders, wenn sie Snogo auf seiner Geige spielen hörten.

Die Menschen hatten es immer alle furchtbar eilig; sie blieben selten stehen, um ihm zuzuhören, sie hatten ja immer wenig Zeit. Manchmal, da warfen ihm einige ein paar Groschen hin, wenn sie den armen Schlucker in seinen Lumpen dort sitzen sahen. Das taten sie, weil sie Mitleid mit ihm hatten, aber das Lied seiner Geige, das hörten sie nicht.

Mit diesen Groschen kaufte Snogo sich das Allernötigste zum Leben; es war ja nicht viel, was er brauchte.

Im Sommer übernachtete er im Freien. Aber wenn dann der Herbst mit seinen Stürmen und der kalte Winter mit Frost und

Eis kamen, begann für ihn eine schlimme Zeit, und nur selten fand er ein mitleidiges Herz, das ihm hin und wieder ein Dach über dem Kopf oder auch nur ein wenig Stroh zur Verfügung stellte.

So zog nun unser Zigeuner viele Jahre durch die Welt, durch fremde Länder und Städte, vorbei an Flüssen und großen Seen, über Wiesen und Äcker und durch die weiten, weiten Wälder. Wenn das Lied seiner Geige erklang, dann war es, als läge ein Zauber über der Natur.

Eines Tages kam er an einem prachtvollen Garten vorbei, der von einer hohen Hecke umgeben war. Dain wuchsen die herrlichsten und wunderschönsten Blumen und die Bäume und Büsche waren unendlich groß und hoch, und es ging ein wundersamer Duft von ihnen aus.

In diesem Garten stand ein riesiges Schloß, das funkelte von Gold und Edelsteinen. Darin wohnte ein alter Graf, von dem es hieß, daß er der weiseste Graf im ganzen Lande sei. Er hatte eine Tochter; sie war das schönste Mädchen im ganzen Lande, voller Anmut und Zierde, aber über all ihrem Reichtum hatte sie das Lachen und Weinen verlernt. Die weisesten und besten Ärzte des Landes wurden zu Rate gezogen, aber niemand hatte dem schönen Kind bisher helfen können, und darüber war der alte Graf sehr ungücklich.

Geblendet von all der Schönheit stand Snogo vor dem goldenen Gartentor und schaute und staunte. Es war etwas in diesem Garten, an diesem Schloß, etwas Unbeschreibliches, nicht in Worte zu fassendes, was ihm sein Leben trotz aller Armut glücklich und zufrieden erscheinen ließ.

Waren es die Vöglein, die nicht sangen, oder die Tiere, die nicht herumliefen, sondern versteckt unter der Hecke saßen?

Da sah Snogo auf einmal, wie das goldene Schloßtor aufging und der alte Graf sich mit seiner Tochter in den Garten setzte. Es kamen Diener herbei und brachten die köstlichsten Speisen.

Als Snogo die gebratenen Hühnchen und den leckeren Wein sah, lief ihm das Wasser im Munde zusammen. Und weil er gar so hungrig war und schon lange nichts mehr gegessen hatte, faßte er

sich schließlich ein Herz, und mit freundlicher Stimme rief er in den Garten hinein:

„Herr, ich bitte Euch, gebt mir ein wenig von Euren Speisen." Da schaute der Graf zu dem goldenen Gartentor, und als er den armen Zigeuner in seinen Lumpen sah, wurde er von Zorn ergriffen, und mit wütender Stimme sagte er: „Scher' dich zum Teufel, Lumpenpack!" Da schaute der Zigeuner traurig den Grafen an, aber in dessen Augen war nur Haß. Da wußte der Zigeuner, daß auch sein Herz kalt war, und er wußte auch, warum die Vögel in diesem Garten nicht so fröhlich singen konnten.

„Herr", sagte er da,

„solange Ihr dem anderen sein Anderssein nicht
verzeihen könnt, seid Ihr weitab von dem Weg
der Weisheit."

Da schüttelte der Graf sein weises Haupt, aber er mußte noch lange über diese Worte nachdenken.

Snogo war schnell weitergegangen, und an einem schattigen Plätzchen vor dem Schloßpark hatte er seine Geige herausgeholt und zu spielen begonnen.

Auf einmal war es, als würde der ganze Schloßgarten verwandelt: die Vöglein fingen an zu singen, leise bewegten sich die Baumwipfel im Wind, und die Häschen und Kaninchen kamen aus den Hecken und Büschen hervor, unter denen sie vorher scheu versteckt waren. Weit bis ins Schloß hinein erklang die Zaubermusik.

Draußen im Garten konnte die Tochter des Grafen auf einmal lachen und weinen, singen und tanzen, und ihr Herz war von unendlicher Wärme und Güte erfüllt. In ihren Augen war ein Strahlen und Leuchten, goldener als die Sonne am Himmel.

Als der alte Graf seine Tochter, die niemals gelacht hatte, so fröhlich sah, da ward auch sein Herz von einer tiefen Seligkeit erfüllt, und als er die wundervollen Geigenklänge hörte, fragte er: „Was mag das sein, woher kommen diese Weisen?"

„Herr", sprach einer seiner Diener, „es sitzt ein Geiger vor dem Schloßgarten, ein merkwürdiger Kauz."

„Schafft ihn mir her", sagte der Graf.

Da zogen die Diener los, den seltsamen Geiger zu suchen, und dann brachten sie dem Grafen schließlich den Zigeuner. Da erschrak der Graf zuerst, als er den Zigeuner wiedererkannte und fragte ihn:

„Seid Ihr der Geigenspieler?"

„Ja, Herr, der bin ich!"

Da erinnerte sich der Graf an die Worte des Zigeuners, und er schämte sich sehr.

„Ihr seid ein wahrhaft seltsamer Kauz, und großes Unrecht tat ich Euch, aber Ihr habt meiner Tochter das Lachen und Weinen gelehrt. Ihr habt diesen Garten und dieses Schloß verwandelt. Durch Eure Musik ist etwas Wundervolles geschehen. Verzeiht mir, daß ich Euch Euer Anderssein nicht verzieh. Fortan sollt Ihr mein Hofmusikant sein, und es soll Euch an nichts fehlen!"

So wurde Snogo Hofmusikant und das Lied seiner Geige in aller Welt bekannt.

*Hast Du es schon einmal gehört? Du mußt nur ein wenig achtgeben, denn Du kannst es überall hören!*


*Wie Du vorhin gelesen hast, reparierte Schoschoi seine Geige selbst. Es ist bei den Zigeunern auch heute noch selbstverständlich, daß sie ihre Instrumente selbst stimmen und wieder in Ordnung bringen, wenn sie mal defekt sind. Obwohl sie dazu keine Ausbildung haben, sind viele Zigeuner dazu in der Lage, weil sie handwerklich geschickt sind und ein musikalisches Gehör haben. Die meisten Zigeuner üben künstlerische Tätigkeiten aus. Dazu gehören in erster Linie außer Musizieren noch das Theaterspielen, Tanzen und Singen. Mein Großvater hatte noch ein Marionettentheater. Mit seinen Leuten und lebensgroßen Puppen spielte er außer Volksstücken auch große Schauspiele und Opern. Zum Beispiel standen die Oper „Carmen" und das Drama „Dr. Faustus" auf seinem Spielplan. Die Stücke wurden von einem eigenen Streichorchester begleitet.*

*Meine Mutter erzählte oft die lustige Episode, wie einmal — sie war noch ein Kind — die ganze Aufführung durcheinandergeriet. Ich will versuchen, sie aus meiner Erinnerung nachzuerzählen.*

## Wie der Teufel seinen Schwanz verlor

Auf dem Spielplan stand: Dr. Faust. Nun, eines abends war es soweit. Die Puppen trugen wunderschöne Kleider, Mephisto aber hatte das allerschönste Kostüm an. Es war pechschwarz, mit Rot abgesetzt. Am Kopf trug er zwei Hörner und hinten einen langen Schwanz.

Meine Mutter war zu der Zeit gerade zehn Jahre alt. Bevor die Vorstellung begann, verbot mein Großvater, wie immer, seinen Kindern — es waren immerhin neun an der Zahl — ins Theaterzelt zu kommen. An jenem Abend jedoch schlichen sich alle Kinder in das große Zelt. Mit ihnen stahl sich aber auch der Riesenschnauzer hinein. Das Theaterstück lief bis zu dem Zeitpunkt gut, als Mephisto auf die Bühne trat und aus voller Kehle schrie: „Mein ist die Rache!" Das paßte unserem Hund nicht, und mit zwei Sätzen war er bei Mephisto, riß dem Teufel den Schweif ab und lief damit triumphierend aus dem Zelt. Nun könnt ihr euch vorstellen, wie das Publikum vor Lachen tobte.

Tags darauf stand in der Zeitung, daß Dr. Faust als lustige Tragödie zu sehen war.

*Vor der letzten Geschichte erzählte ich Dir, daß die meisten Berufe der Zigeuner künstlerisch waren und auch heute noch sind. Ein anderer wichtiger Berufszweig, vor allem der deutschen Zigeuner, ist das Kunstgewerbe. Zum Beispiel werden angefertigt: Stickereien, Schnitzereien, Klöppel- und Holzarbeiten. Besonders haben die Zigeuner sich im Restaurieren von antiken Möbeln bewährt. Früher waren Zigeuner auch hervorragende Pferdekenner. Von den Pferdemärkten waren sie nicht wegzudenken. In Amerika werden heute noch große Pferdezuchten von Zigeunern betrieben.*

*Es gibt da einige Vorurteile, das heißt, viele Leute glauben, Zigeuner seien Korbflechter oder Kesselflicker. Abgesehen davon, daß dies auf die deutschen Zigeuner gar nicht zutrifft, ist es ganz falsch, zum Beispiel das Wort Kesselflicker als Schimpfwort zu benutzen. Die Zigeuner, die noch die Kunst des Töpfeflickens verstehen, bekommen – wiederum in Amerika – viele Aufträge. Die großen Kessel in den Küchen der Hotels und in den Brauereibetrieben können oft nur von diesen Fachleuten repariert werden.*

*Da wir gerade bei den Vorurteilen sind, möchte ich mit Dir über eine ganz wichtige Sache reden. Ich habe einmal wörtlich gehört:*

*„Mit Zigeunern will ich nichts zu tun haben, die essen Igel."*

*Richtig ist, daß der Igel als Delikatesse angesehen wurde und auch noch heute in vielen Ländern verspeist wird. Es gibt bei uns manche Geschichten über den Igel als leckeren Braten – genauso wie über Hasen, Kaninchen, Hühner, Gänse und andere Tiere, die auch bei Euch als Braten beliebt sind. Die nächste Geschichte handelt von einem Igel, der einen Zigeuner überlistet hat.*

## Wie der Igel den Zigeuner überlistet hat

Es war einmal ein Zigeuner, der begegnete einst einem Igel. „Ei", sagte er, „du kommst mir gerade recht."

„O weh", dachte der Igel, „jetzt ist es um mich geschehen, was soll ich nur tun?", und er sann nach einer List.

„Nun", sprach der Zigeuner, „willst du nicht erst beten, bevor ich dich töte?"

„Ach nein", erwiderte der Igel, „ich will nicht beten. Spiel mir lieber ein schönes Abschiedslied auf deiner Fiedel vor."

„Ganz wie du willst!" Der Zigeuner nahm seine Fiedel und spielte dem Igel eine so traurige Weise vor, daß dieser ganz ergriffen davon wurde und ihm dicke Tränen über die Wangen liefen.

Da schaute der Zigeuner den Igel mit großen Augen an, und der

Igel sagte: „Wenn du mich so anschaust, dann kann ich mir meinen Kummer nicht von der Seele weinen."

„Na ja, warum soll ich ihm nicht auch noch diesen Wunsch erfüllen, wo es doch sein letzter ist", dachte der Zigeuner und schloß seine Augen.

Der Igel aber, nicht dumm, nutzte die Gelegenheit und rannte auf und davon. Als der Zigeuner die Augen wieder aufschlug, war er sprachlos; denn weit und breit war kein Igel mehr zu sehen.

Da merkte er schließlich, daß der Igel ihn überlistet hatte. Nun ärgerte er sich nicht nur über seine Torheit, sondern vor allem darüber, daß ihm ein guter Braten verlorengegangen war.

*Nun mußt Du aber nicht glauben, daß wir auch heute noch Igel essen. Jeder Zigeuner weiß, daß Igel selten geworden sind und unter Naturschutz stehen. Außerdem haben Zigeuner eine besondere Liebe zur Kreatur, und sie möchten sicher nicht schuld sein am Aussterben einer Tiergattung.*

*Ich habe zur Zeit eine Igelmutter mit fünf Igelkindern in meinem Garten. Die stehen unter meinem persönlichen Schutz und werden von mir gefüttert. Ich habe aber Angst, daß sie auf die Straße wandern und überfahren werden.*


## Das Gelübde des Joschka

Der Schlaumeier, von dem diese Geschichte handelt, war im Kirchenbuch von Graz als Johann Steiner eingetragen; aber unter diesem Namen kannte ihn kein Mensch. Weit und breit hieß er nur Joschka, und man hielt ihn allgemein für einen Menschen, der verwirrt redet und handelt; denn er trieb manch wunderliches Zeug, über das die gescheiten Leute nur bedenklich die Köpfe schüttelten. Das Wunderlichste aber war, daß das scheinbar Widersinnigste stets zu seinem Vorteil ausschlug. Joschka war, wie man so schön sagt, ein gemachter Mann. Seine Frau hatte ein hübsches Säcklein voll Guldenstücke und Silberzwanziger mit in die Ehe gebracht, und er selbst hat als Pferdehändler auch ganz gut verdient. Der brave Joschka wäre also ein beneidenswerter Mensch gewesen, wenn nicht auf einmal auch ihn der Schuh gedrückt hätte — so barbarisch, daß er mit all seinem Pferdehandel den Schaden nicht abwenden konnte. Und das war folgendermaßen gekommen: als Joschka eines Tages eine junge Zigeunerin heiratete, hatte er einen Ehevertrag abschließen müssen, sonst hätten ihm seine Schwiegereltern ihre Tocher nicht gegeben. In diesem Vertrag war nun ausgemacht, daß der Ehemann den nächsten Verwandten der Frau, falls diese kinderlos vor ihm stürbe, einen Betrag von zweitausend Gulden auszuzahlen habe; dagegen verbleibe das übrige, von der Frau in die Ehe gebrachte Heiratsgut im Besitz und Eigentum des überlebenden Mannes. Eben dieser Ehevertrag war es aber, der dem Joschka so schwere Beklemmungen verursachte: denn Kinder waren keine da, und sein Weib lag todkrank im Bett und konnte kein Glied mehr rühren. Die Schwiegermutter meinte, ihre Tochter könne an einer von den neunundneunzig Arten der Gicht leiden, aber einen richtigen Arzt zog Joschka nicht zu Rate. So dumm war er nun auch wieder nicht, denn man weiß ja, daß die Doktoren mit ihren lateinischen Rezepten nur sich und dem Apotheker den Beutel füllen wollen. Nach und nach wurde aber die Kranke so elend, daß sie selbst fühlte, wie ihr der Tod schon auf der Zunge saß. Sie bat ihren Mann, er möchte zum Pfarrer gehen, damit sie bald mit den heiligen Sakramenten versehen würde. Da bekam es der Joschka mit der Angst zu tun. Um des Himmels willen, wenn ihm die Frau starb! Zwar war es ihm um diese selbst nicht allzusehr leid, denn sie war ja schon hübsch alt; aber der Ehevertrag — die zweitausend Gulden: wenn er die bezahlen müßte! Da will er doch lieber das Geld behalten und die Frau dazu. Weil er keinen anderen Ausweg mehr fand, entschloß sich der Joschka zu einem Gelübde. Wenn der liebe Gott ihm das Weib nicht sterben, sondern wieder gesund werden ließe, werde er sein schönstes Pferd, welches er im Stall hat, verkaufen und den Erlös dafür in den Opferstock der Kirche legen. Er machte dies Gelöbnis mit schwerem Herzen, denn sein Pferd war viel Geld wert. Aber in der Not frißt halt der Teufel Fliegen. Und siehe da! Was Joschka

sich kaum zu hoffen getraut, das trat ein. Der Tod läßt seine Beute aus dem Rachen gleiten, und nach drei Wochen ist die Frau so gesund wie ein Fisch im Wasser. Jetzt hätte man denken sollen, der Joschka wäre herzlich froh gewesen, behielt er doch, wie er sich's gewünscht hatte, sein Weib und sein Geld. Aber weit gefehlt! Von dem Tage an, als die Frau das Bett verließ und wieder im Haus herumhantierte, ging Joschka so niedergeschlagen seiner Wege, als hätten ihm die Hühner das Brot gestohlen. Bald schaute er verstört in den Erdboden hinein, bald murmelte er unverständliche Worte. Die Zigeuner, welche sein seltsames Gebaren beobachteten, waren schnell fertig mit ihrem Urteil. Sie dachten, der Joschka spinnt halt wieder einmal. Doch sie irrten sich gewaltig. Joschka war alles andere als verwirrt: er studierte und sinnierte mit all seiner Verschlagenheit, wie er unserem Herrgott selber einen Possen spielen und sich auf schlaue Manier um sein Gelübde herumdrücken könnte. Denn jetzt, wo die Frau wieder gesund und die Gefahr, zweitausend Gulden zahlen zu müssen, vorüber war, wurmte ihn sein Versprechen; es reute ihn das viele Geld, das er in den Opferstock legen sollte. Nach einer Woche reiflichen Nachdenkens schien der Joschka sein seelisches Gleichgewicht wiedergefunden zu haben. Er ging nicht mehr verstört herum und stierte nicht mehr in den Erdboden hinein. Joschka war wie ausgewechselt, weil er manchmal entweder pfiffig schmunzelte oder gleich laut auflachte, als freue ihn irgend etwas unbändig. So beschloß er jetzt, sein schönstes Pferd auf dem Markt zu verkaufen, denn der gute Joschka wollte einmal loskommen von seinem Gelübde. Da Joschka sowieso immer alles anders machte als die übrigen Zigeuner, fiel es nicht auf, daß er sein Pferd diesmal zum Markt etwas absonderlich aufgeputzt hatte. Er hatte der alten Mami den lebensmüden Gockel auf den Sattel gebunden, und obgleich das arme Tier alle Federn sträubte, mußte es doch in der ungewohnten Lage ausharren. Joschka kannte kein Erbarmen. Als er zum Markt kam, war der Viehmarkt schon in vollem Gange. Der Marktschreiber saß in seinem Häuschen am offenen Fenster und fertigte die Erlaubnisscheine aus. „Was willst du?" fragte er unseren Joschka.

„Einen Erlaubnisschein möcht' ich", gab dieser zur Antwort. „Wieviel Stück Vieh bringst du?" – „Zwei Stück hab ich: ein Pferd und einen Gockel." – „Einen Gockel? Den mußt du auf den Geflügelmarkt bringen, der gehört nicht hierher auf den Viehmarkt." – „Ja wißt Ihr, Herr" sagte der Joschka, sich kratzend, „ich bin allein und kann mich mit dem besten Willen nicht verteilen. Ich mach's einfach so, daß ich mein Pferd und den Gockel miteinander verkaufe. Wer mein Pferd haben will, muß den Gockel auch mitkaufen!" – „Das geht nicht!" Schließlich ging es aber doch, denn mit einem Male lag neben des Marktschreibers Hand ein Gulden. Solch' kleine Ursachen haben mitunter große Wirkungen. „Meinetwegen", sagte der plötzlich gefügig gewordene Marktschreiber. „Wenn du es durchaus nicht anders haben willst, so probier' halt dein Glück." Dann fragte er den Joschka nach Namen und Wohnort.

„Schreibe: heimatlos", gab ihm Joschka zur Antwort. Der Marktschreiber ließ die Marktgebühr entrichten und schrieb in den Erlaubnisschein: ‚Steuer bezahlt für ein Pferd und einen Gockel'. Kaum hatte Joschka sein Pferd an den Schranken des Marktes festgebunden, da fanden sich auch schon zwei Käufer ein, die darum feilschten. Es war ja auch wirklich ein Prachttier. Namentlich zwei Viehjuden hatten es auf ihn abgesehen. „Gott, wie mager!" sagte Isaak, indem er seine Flanken befühlte. „Was soll denn das klapperdürre Gerippe kosten? Das soll ein Pferd sein?" stimmte ihm sein Kollege bei. „Strafen sollte man, wer ein solches Vieh auf den Markt treibt. Nur daß er's nicht wieder heimführen muß, will ich's ihm abkaufen. Laß hören, was verlangst du für deine schlechte Ware?" wandte Isaak sich wieder an den Verkäufer. Dieser aber war viel zu schlau, als daß er sich die geringste Blöße gegeben hätte. Er setzte ein ganz gleichgültiges Gesicht auf und gab nur so nebenbei zur Antwort: „Ich verkauf' mein Pferd nicht ohne Gockel. Die zwei müssen miteinander fort." – „Ich will nur dein Pferd. Was brauch' ich einen Gockel?" sagte der eine Händler; doch der andere lenkte ein: „Wenn er einen anständigen Preis macht", meinte er, „können wir auch seinen Gockel nehmen. Also – was sollen Pferd und Gockel kosten?" — „Merkt alsdann gut auf!" erwiderte der Joschka langsam und bedächtig. „Mein Pferd kostet zwei Gulden und der Gockel kostet 80 Gulden." — „Gott der Gerechte!" schrie Moses. „Bist du meschugge? Du willst sagen: der Gockel kostet zwei Gulden und dein Pferd achtzig Gulden." — „Nein", beharrte der Verkäufer, „was ich gesagt hab', bei dem bleibt's." — „Halt ihn beim Wort, Moses!" rief da Isaak. „Der Mann verlangt für ein Pferd zwei Gulden, und die geben wir ihm auch, ohne zu handeln. Der Kauf ist perfekt, ich mach' dir einen Zeugen, ich beschwör's. Und seinen Gockel brauchen wir nicht zu nehmen: der gehört ja nicht einmal auf den Viehmarkt." Jetzt aber begehrte Joschka auf. „Was?!" knurrte er, „mein Gockel gehört nicht auf den Viehmarkt? Ja, warum steht er dann schwarz auf weiß in meinem Erlaubnisschein?" Nachdem sie sich zu ihrem größten Verdruß von dieser Tatsache überzeugt hatten, blieb den Händlern nichts anderes übrig, als sich aufs Feilschen und aufs Schlechtmachen des Pferdes zu verlegen. Das verhinderte aber nicht, daß sie endlich doch noch handelseinig wurden. Da sie das Pferd ohne den Gockel nicht bekommen konnten, blieb es sich ja schließlich ganz gleich, für welchen der höhere Preis bezahlt wurde. Auf diese Weise erzielte der Joschka nach stundenlangem Schachern für seinen Gockel achtzig Gulden und für sein Pferd zwei Gulden. Und so wurde ihm der Kaufpreis auch in seinen Erlaubnisschein eingeschrieben. Der Beamte war so gefällig, unter die Bescheinigung auch den amtlichen Stempel aufzudrücken. Noch am Abend sperrte der Joschka in seine Geldschublade achtzig Gulden ein. Dann ging er in die Kirche und ließ mit demütiger Miene zwei Gulden in den Opferstock fallen. Damit meinte der gute Joschka, sein Gelübde erfüllt zu haben! Es scheint aber doch, daß sein Gewissen etwas rebellierte. Als er nämlich den Heimweg aus der Kirche antrat, murmelte er vor sich hin: „Ob Er sich wohl zufriedengeben wird mit den zwei Gulden? Ach, was kann Er mir denn schon anhaben? Ich kann's Ihm ja schwarz auf weiß und gesiegelt zeigen, daß ich für mein Pferd nicht mehr bekommen hab' als zwei Gulden." — Und solch einen Schlaumeier hielten die Menschen für einen, der nicht ganz gescheit ist.

*Es gibt da noch eine Geschichte, die möchte ich Dir erzählen.*
*Es ist auch eine wahre Begebenheit aus meiner Kindheit.*

## Die kleinen Stare

Wir waren einmal mit unserem Wohnwagen, der von vier Pferden gezogen wurde, unterwegs. Nachdem wir den ganzen Morgen gefahren waren, machten wir mittags an einer Lichtung beim Walde halt, um zu kochen. Da es aber an jenem Tag sehr heiß war, mochte meine Mutter das Essen nicht im Wagen zubereiten, und sie ließ sich kurzerhand von den Männern den Küchenherd unter einen großen Baum ins Freie stellen. Als wir nun zu Mittag gegessen hatten, verdunkelte sich plötzlich der Himmel und ein Gewittersturm zog auf. Ich stand im Wohnwagen am Fenster und sah, wie sich draußen die Bäume heftig im Winde bogen. Da, auf einmal fiel ein Nest aus der Baumkrone vor unseren Küchenherd ins hohe Gras. Vier kleine Stare waren es, hilflos und noch ohne Federn. Ich sprang aus dem Wagen und holte sie zu uns ins Trockene. Von der Zeit an blieben sie bei uns, und wir hatten viel Mühe, das richtige Futter zu finden und sie zu füttern.
Von Tag zu Tag wurden sie größer und bekamen dann auch ihre Federn. Da ich die Tiere sehr lieb gewonnen hatte und mir Sorgen machte, sie würden mir eines Tages davonfliegen, nahm meine Mutter eine Schere und stutzte ihnen ein wenig die Flügel.
Da Stare sehr gelehrige Schüler sind, lernten sie sehr schnell ein Lied pfeifen, das mein Vater abends am Lagerfeuer auf seiner Geige spielte. Einer von ihnen konnte sogar die ersten Takte von „Du schwarzer Zigeuner" pfeifen.
Und wenn meine Mutter zu Mittag kochte, war der Lieblingsplatz der Stare auf der Küchenherdwand, wo sie neugierig und hungrig in die Kochtöpfe schauten.
Doch eines Tages hatten wir uns entschlossen, ihr Gefieder nicht mehr zu schneiden, damit sie in die Freiheit fliegen könnten.
Aber das Gegenteil war der Fall: Sie begleiteten uns überallhin und saßen täglich, wenn wir fuhren, auf unserem Wohnwagendach.

Aber dann, an einem schönen, sonnigen Augustmorgen, sahen wir, daß unsere Stare nicht mehr auf dem Dach saßen. Da wußten wir, daß sie zusammen mit den anderen Staren in den Süden geflogen waren.

*Das war also eine Tiergeschichte, die ich erlebt habe. Jetzt möchte ich Dir noch ein Tiermärchen erzählen. Bei Euch sagt man doch, daß Sonntagskinder die Sprache der Tiere verstehen können. Die Zigeuner verstehen sie allemal. Wetten? Das hast Du ja schon gemerkt in dem Märchen vom Zigeuner und dem Igel. Im Märchen von der kleinen Raupe gibt es sogar eine ganz dicke Freundschaft.*

## Die kleine Raupe

Einst lebte in alter Zeit, als die Gegend hierzulande noch aus Äckern und Weiden bestand, hoch oben am Walde eine große Zigeunerfamilie. Zwölf Kinder hatten sie, und sie waren wirklich eine recht vergnügte Familie.

Das jüngste der Zigeunerkinder, die kleine Bianca, fing einmal zur Sommerzeit eine wunderschöne Raupe auf der Landstraße. Bianca hob sie auf und setzte sie auf eine Gartenhecke, damit sie auf der Straße von den Pferden nicht zertreten werden konnte.

Auf der Gartenhecke saß eine große Schnecke, und die kleine Raupe sagte ganz freundlich zu ihr: „Guten Tag, Frau Nachbarin, oder besser Frau Base; denn wir kriechen ja beide im Grase."

Als die große Schnecke die kleine Raupe sah, fing sie ganz fürchterlich an zu schimpfen: „Du kleines, abscheuliches Untier, ich soll mit dir verwandt sein? Du redest wirres Zeug. Fort von hier, du Närrin, fort von meiner Hecke! Außerdem möchte ich mit deinen Zigeunerfreunden nichts zu tun haben! Am Ende bist du selbst noch ein Zigeuner!"

Bianca wollte gerade nach Hause gehen, aber als sie das laute Gezeter auf der Gartenhecke hörte, kehrte sie noch einmal um, und da sah sie, daß der kleinen Raupe dicke Tränen über die

Wangen liefen. Als die Raupe ihr erzählt hatte, wie häßlich die Schnecke zu ihr gewesen war, sagte Bianca: „Weine nicht mehr, kleine Raupe, komm mit mir nach Hause, ich werde für dich sorgen." Und so kam die kleine Raupe ins Lager der Zigeunerfamilie. Bianca sorgte gut für sie, und immer wenn Gefahr drohte, war Bianca als erste bei ihr und stand ihr zur Seite. Deshalb konnte die Raupe auch nie verstehen, warum die Schnecke so häßlich über Zigeuner redete.

Nach vielen Wochen hatte sich die kleine Raupe in einen wunderschönen großen Schmetterling verwandelt, dessen farbenprächtige Flügel in der Sonne glitzerten und funkelten. Weil der Schmetterling so glücklich darüber war, nun groß, schön und frei zu sein, flog er, ohne sich zu besinnen, einfach von dannen. Fröhlich und vergnügt tänzelte er von einer Blüte zur anderen und kam dann schließlich auch an der Gartenhecke vorbei.

Als die hochmütige Schnecke den schönen Falter sah, sprach sie mit schmeichelnder Stimme: „Komm näher, du prachtvoller Schmetterling. Laß uns ein wenig zusammen plaudern."

Doch der Falter, noch eingedenk der Schmach, die ihm bei der Schnecke widerfahren war, ließ sich nicht betören und sagte nur: „Schweig, du hochnäsige Schnecke, jetzt auf einmal möchtest du mit mir reden und mit mir befreundet sein; doch damals, als ich noch als Raupe zu dir kam und auch Zigeunerfreunde hatte, hast du mich verstoßen. Aber sieh mich an, was aus mir bei den Zigeunern geworden ist. Und auch heute noch bin ich ihr Freund!"

Dann ließ der Schmetterling die Schnecke allein zurück und flog in die weite Welt hinaus. Die Schnecke aber kroch beschämt in ihr Haus zurück.

Daheim, im Zigeunerlager, saß die kleine Bianca und war schrecklich traurig, weil ihre kleine Raupe verschwunden war. Tag und Nacht weinte sie bittere Tränen, und nichts konnte sie mehr aufmuntern — wußte sie doch nicht, daß ihre kleine Raupe inzwischen ein prachtvoller Schmetterling geworden war.

Wie alle Zigeuner liebte Bianca die Natur. Das war nicht nur der

Wald mit seinen Bäumen und Sträuchern, mit den Blumen, das waren auch die Äcker und Wiesen, das war der Fluß und der große See, und das waren vor allem die Tiere. Sie war mit dieser Natur verbunden wie eine dicke Kette, deren Glieder so fest zusammengeschmiedet sind, daß sie niemals auseinandergerissen werden können. Sie fühlte sich als Teil der Natur.

Eines Tages, als Bianca auf dem Felsen über ihrem Kummer eingeschlafen war, setzte sich der wunderschöne Schmetterling auf ihre Nase. Davon erwachte sie, und erschrocken sprang sie auf. Sie stand noch ein wenig verwirrt, als sich der Schmetterling auf ihrer Hand niederließ. Lange schaute sie ihn an: „Oh, wie zauberhaft du aussiehst, wie unbeschreiblich schön du bist", rief sie entzückt aus.

Da begann der Schmetterling zu sprechen: „Du bist Bianca, und ich war einmal deine kleine Raupe. Du hast mich behütet und beschützt. Doch dann wurde ich eines Tages zu einem großen Schmetterling und ich bin dir davongeflogen. Aber ich habe gespürt, wie traurig du bist, und es tut mir sehr leid, weil du doch so gut zu mir warst. Ich war nämlich sehr gern bei euch. Nimm mich doch wieder mit zu dir nach Hause."

Von diesem Tage an waren sie unzertrennliche Freunde.

*Seit ewigen Zeiten mußten die Zigeuner um ihre Anerkennung kämpfen. Das Gleichnis von der Schnecke und dem Schmetterling ist dafür genauso typisch wie das nächste Märchen vom reichen Kaufmann und der schönen Danuscha. Die Zigeuner können sehr viel Liebe verschenken und immer noch bleibt genug übrig. Der reiche Kaufmann fand bei den Zigeunern etwas, wonach er sein Leben lang gesucht hatte: die große Liebe.*

## Der reiche Kaufmann und die schöne Danuscha

Es war zu jenen Zeiten, als der Kaiser noch regierte, da lebte ein reicher Kaufmann.

Damals lagerten die Zigeuner jedes Jahr im Frühling auf einer Lichtung im Wald. Eines Tages begab sich der reiche Kaufmann in diesen Wald, um seinen Bruder aufzusuchen, der dort Förster war. Da hörte er auf einmal wundersame Musik. Er war so angetan davon, daß er sich einfach ins hohe Gras fallen ließ, um für einige Minuten den herrlichen Klängen zu lauschen.

Dann folgte er den Klängen der Musik und erkannte auf der Lichtung die Zigeuner.

„Ei", sprach er zu sich, „das wäre die rechte Kapelle für mein Namenstagsfest in der nächsten Woche. Ich werde sie bitten, dort hinzukommen." So nahm er sich ein Herz und ging zu den Zigeunern hin. „Seid gegrüßt, edler Herr", empfing ihn der Stammesälteste. „Was führt Euch her?"

„Ach", sagte der reiche Kaufmann, „Ich hab euch so wundervoll spielen gehört, und darum möchte ich euch alle einladen und bitten, in der nächsten Woche, wenn ich das große Fest an meinem Namenstage gebe, zu musizieren."

Der Stammesälteste nickte freundlich und sagte:

„Herr, Ihr erweist uns eine große Ehre damit", und er versprach dem reichen Kaufmann, daß sie kommen würden.

Als der reiche Kaufmann abends nach Hause kam, erzählte er freudestrahlend seiner Frau, wie schön die Zigeuner spielen könnten, und daß er sie alle zu seinem Namenstagsfeste eingeladen habe. Seine Frau jedoch war sehr empört darüber, und sie schalt ihn: „Wie kommst du dazu, mir die Zigeuner ins Haus zu bringen? Ich mache da nicht mit. Sicherlich ist es nur schmutziges Lumpenpack, unter denen wir Reichen uns bestimmt nicht wohlfühlen werden."

Der reiche Kaufmann konnte jedoch schließlich seine zornige Frau davon überzeugen, daß dem nicht so sei, wie sie annahm, und daß es vielmehr sehr lustige und fröhliche Gesellen seien.

Dann endlich war es so weit. Das Haus des reichen Kaufmanns war prachtvoll geschmückt. Überall hingen Lampions und Girlanden, im Garten blühten die prächtigsten Blumen, und die Räume waren von hellem Kerzenlicht erfüllt.

Die Zigeuner kamen alle, und sie spielten dem reichen Kaufmann ein Lied schöner als das andere. Es ging so lustig und vergnügt zu an diesem Abend, die Tische schienen sich unter der Last der

vielen Speisen und Getränke zu biegen, und die Gäste waren so ausgelassen und fröhlich wie noch nie zuvor. Es war ein heiteres Lärmen und Lachen, ein Tanzen und Fröhlichsein, das weit in die finstere Nacht hinausschallte.

In einer dunklen Ecke, an einem kleinen Tisch, kauerte die schöne Danuscha und schaute dem lustigen Treiben zu. Niemand kümmerte sich um sie, niemand bot ihr ein wenig von dem köstlichen Wein an, niemand ein Stück von dem Braten, und niemand sprach auch nur ein nettes Wort zu ihr.

Erst spät in der Nacht gingen die Gäste lachend und fröhlich nach Hause. Auch der reiche Kaufmann war sehr fröhlich, und er stimmte ein lustiges Liedchen an. Da hörte er auf einmal eine helle, liebliche Stimme neben sich, die sein Lied begleitete.

„Wer mag da singen?", fragte er verwundert, und als er sich umschaute, sah er die schöne Danuscha, die ihn mit ihren dunklen Augen so strahlend anschaute, daß dem reichen Kaufmann ganz warm ums Herz wurde. Sie war so schön, so hold und doch so scheu wie ein Reh.

„Ach", sprach der reiche Kaufmann zu sich, „dieses schöne Mädchen mußt du kennenlernen, koste es, was es wolle." Und so fragte er sie: „Sag, schönes Mädchen, wie heißt du?" –

„Danuscha", flüsterte sie ihm zu, und ein Lächeln huschte über ihr Gesicht.

Als die Frau des reichen Kaufmanns ihren Mann mit der schönen Zigeunerin reden sah, wurde sie sehr zornig, und sie schimpfte ganz fürchterlich. Ehe der Kaufmann noch ein Wort hätte sagen können, war Danuscha mit den anderen Zigeunern in der dunklen Nacht verschwunden. Der reiche Kaufmann aber konnte in dieser Nacht keine Ruhe finden, immerzu mußte er an Danuscha denken:

„Ich muß das schöne Mädchen wiedersehen."

Früh am nächsten Morgen sattelte er sein Pferd und galoppierte in den Wald, um die schöne Danuscha zu suchen. Lange irrte er durch die Gegend, bis er endlich am späten Nachmittag einen Wohnwagen entdeckte. Als der reiche Kaufmann näherkam, erkannte er den Stammesältesten der Zigeuner.

„Seid gegrüßt, edler Herr", empfing ihn der Alte, „was führt Euch her?"

„Ich suche das schöne Mädchen, das gestern Abend mit Euch gekommen ist."

„Hm", sagte der Alte, „da meint Ihr wohl meine Tochter Danuscha." – „Ja, Danuscha", sagte der Kaufmann, „sie ist es. Bitte führt mich zu ihr. Ich würde sie so gerne wiedersehen und ihr einen guten Tag wünschen."

„Das geht nicht so ohne weiteres, edler Herr", wandte der Alte ein. „Bei uns herrschen strenge Sitten und Gebräuche." In Wirklichkeit aber hatte der alte Vater Angst um seine Tochter, denn er wußte, daß eine Zigeunerin, sollte der reiche Kaufmann sie zur Frau begehren, in der feinen Gesellschaft verstoßen würde.

Der reiche Kaufmann aber verstand es, den Vater der Danuscha davon zu überzeugen, daß er sie nur noch einmal wiedersehen wolle.

So gab der Vater von Danuscha schließlich nach, weil er merkte, daß der reiche Kaufmann ein gutes Herz hatte. Die Sonne war schon hinter den Wolken verschwunden, und es wurde bereits recht kühl, da sagte Danuschas Vater: „Herr, wenn Ihr wollt, so möchte ich Euch einladen, die Nacht bei uns zu verbringen, damit Ihr nicht heute noch den weiten Heimweg antreten müßt."

Das ließ sich der reiche Kaufmann nicht zweimal sagen, und er war überglücklich.

Es wurde sehr spät an diesem Abend, und der Vater Danuschas war so müde, daß er bald einnickte. Da gab der Kaufmann der Danuscha ein Zeichen, und sie schlichen sich beide aus dem Lager.

Es war eine sternenklare Nacht, und die Liebenden hielten sich eng umschlungen; der reiche Kaufmann fand hier endlich, was er ein Leben lang gesucht hatte – die Liebe.

Am nächsten Tag fuhren die Zigeuner weiter über Berg und Tal in ein fernes Land. Traurig ritt der reiche Kaufmann nach Hause, aber er konnte seine Danuscha einfach nicht vergessen, so sehr er sich auch anstrengte. In seiner Verzweiflung drängte es ihn immer mehr, seine Danuscha zu suchen.

„Ich muß das Mädchen wiedersehen, und müßt' ich um die ganze Welt reisen", sprach er eines Tages, und dann sattelte er abermals sein Pferd und ritt davon. Viele Zigeuner traf er unterwegs, aber keiner kannte seine Danuscha, und niemand hätte ihm sagen können, wo er sie finden würde. Voller Wehmut kehrte er wieder heim, aber das Leben kam ihm jetzt so unsagbar traurig und leer vor. Sein Herz war so voller Kummer, daß er sehr krank wurde und an einem trüben Novembertag starb.

Alles dort draußen war so kalt und grau, Nebelfetzen hingen in den kahlen Bäumen. Vor dem frisch ausgehobenen Grab hielt ein langer Trauerzug. Schweigend scharte sich die Menge um den Grabhügel.

Keine Kapelle spielte eine Trauermusik, und kein Priester war zugegen; denn so sehr hatte man den reichen Kaufmann verstoßen, daß noch nicht einmal ein Priester ihm die letzte Ehre hatte erweisen dürfen. Nach einigen Minuten eisiger Stille traten die Sargträger an das Grab und ließen den schweren Eichensarg an langen Stricken hinunter.

Doch plötzlich, da schrien die Leute auf; der Sargdeckel zersplitterte und eine wachsbleiche Gestalt, die viele Trauergäste eindeutig als den reichen Kaufmann erkannt haben wollen, verschwand mit einem mächtigen Satz.

Zur gleichen Zeit gebar Danuscha einen Sohn. Es war eine wilde, stürmische Nacht, in der ihr Sohn geboren wurde. Der wütende Orkan zerriß die mächtigen Wolkentürme und trieb die schwarzen Fetzen durch das fahle Licht des Mondes. Die schwarzgekleidete Hebamme wickelte das schreiende Menschenkind in Windeln und hielt es im Arm. Blitze zuckten vom Himmel, als wollten sie die Erde zerspalten. Weit riß der neugeborene Knabe seine Augen auf und die Hebamme erzählte später, daß die Augen des Kindes wie Sterne geglüht hätten.

Die Jahre vergingen, und der Sohn von Danuscha war ein prächtiges Kind geworden. Danuscha dagegen wurde von Tag zu Tag seltsamer. Jedesmal, wenn die Mitternachtsstunde schlug, ging Danuscha in den Wald und kehrte erst spät wieder heim. Als ihr Vater das bemerkte, ließ er sie nicht mehr aus den Augen.

70

Wenn es dunkel wurde verriegelte er Fenster und Türen, so daß Danuscha nicht mehr den Wohnwagen verlassen konnte.

Eines abends saßen die Zigeuner am Lagerfeuer; in der Ferne hörten sie die Kirchturmuhr die zwölfte Stunde schlagen. Da sah Danuschas Vater plötzlich eine dunkle Gestalt auf den Wohnwagen zukommen und darin verschwinden.

„So kann das nicht weitergehen", schimpfte der Vater, „ich habe doch Fenster und Türen verschlossen!" Er pfiff die Hunde herbei, um im Wohnwagen nach dem Rechten zu sehen. Was war das? Die sonst so scharfen und mutigen Hunde wollten um keinen Preis die Schwelle des Wohnwagens überschreiten. Kein Locken, kein Drohen half, ihr Fell sträubte sich, und sie zitterten. Da ging der Vater schließlich alleine vor, um den fremden Mann und Danuscha zur Rede zu stellen. Aber zu seiner größten Verwunderung stellte er fest, daß da kein Fremder war, niemand außer Danuscha war zu sehen.

„Wo ist der fremde Mann geblieben?" fragte der Vater seine Tochter mit strenger Stimme.

„Ach, liebster Vater", sagte Danuscha, „ich darf nicht darüber sprechen. Bitte, zwing mich nicht, sonst habe ich nur noch ein Jahr zu leben."

Der Vater aber geriet in Wut. Er schrie fürchterlich und bedrängte sie so sehr, daß sie ihm in ihrer Verzweiflung schließlich gestand, es sei der Geist des reichen Kaufmanns. Der Vater wollte ihr nicht glauben. Als schließlich ein Jahr vorübergegangen war, schloß die schöne Danuscha für immer die Augen.

Nun waren die beiden Liebenden im Tode vereint. Der Vater Danuschas aber weinte bittere Tränen um sein einziges Kind und ward seines Lebens nie wieder froh. Seitdem gibt es bei den Zigeunern ein wichtiges Sprichwort:

In Augenblicken der Verzweiflung zählt nicht nur das, was richtig oder falsch ist, sondern das, was uns hilft weiter zu leben.

*Dieses Märchen vom reichen Kaufmann und der schönen*
*Danuscha ist vielleicht nicht ganz einfach zu verstehen. Es ist ein*
*sehr mystisches Märchen, das heißt, es enthält sehr viel von*
*unserem Glauben. Wir Zigeuner glauben an die Seelenwanderung.*
*Stirbt zum Beispiel jemand und hinterläßt einen geliebten*
*Menschen, so ist dieser nicht verlassen, sondern die Seele des*
*Verstorbenen bleibt in Kontakt mit dem Zurückgebliebenen.*
*Wir glauben und reden auch ganz offen darüber, daß es eine*
*Verbindung gibt zwischen den Toten und den Lebenden. Und noch*
*etwas ist für uns sehr wichtig: die Telepathie. Das ist der seelische*
*Kontakt zwischen zwei Menschen, die räumlich sehr weit entfernt*
*voneinander leben. Dieses starke Gefühl und diese seelische*
*Verbindung haben auch der Galina, von der das nächste Märchen*
*erzählt, geholfen, über Jahre hinweg ganz eng mit ihrem Mann*
*verbunden zu bleiben, obwohl dieser weit weg von ihr gefangen*
*war.*

## Das Geburtstagsgeschenk

Pepe und Galina, das waren zwei Zigeuner, die einmal vor langer
Zeit lebten. Weil sie einander so gern hatten, beschlossen sie zu
heiraten und wurden sehr glücklich.
Sie bekamen auch zwei Kinder, die nannten sie Galo und Lolo.
Einst nun, als Galina Geburtstag hatte, wollte der Pepe ihr eine
besondere Freude machen, und weil er ein wenig Geld gespart
hatte, beschloß er, ihr in der Stadt etwas Schönes zu kaufen. Nun,
es sollte eine Überraschung sein, und so sagte er Galina natürlich
nichts davon. Er machte sich in aller Frühe auf den Weg, als
Galina mit den anderen Frauen am Flußufer die Wäsche wusch.
Die Sonne schien, die Vögel sangen, und Pepe war frohen
Herzens. Das war ein langer Weg bis hinunter in die Stadt, und
selten ging Pepe dort hin.
Aber welch ein Leben und Treiben war hier, was gab es alles zu
sehen, so viele Menschen, so viele Läden; Pepe guckte und
schaute, und er konnte sich einfach nicht entschließen, was er

Galina kaufen sollte. Als er immer weiter ging, war er plötzlich auf den Jahrmarkt geraten. Große Kirmes war dort, und es gab viel zu sehen: all die Buden mit den lustigen Puppen, die vielen Süßigkeiten, Schokoladen, Marzipan, die großen Karussells und überall lautes Musizieren und fröhliche Menschen.

Pepe war so hingerissen von all dem Schönen, was er dort sah, daß er auf einmal den Geburtstag von Galina ganz vergessen hatte. Er lachte und tanzte und war sehr vergnügt. Als es dann allmählich dunkel wurde und die ersten Lichter der Stadt angingen, bekam Pepe auf einmal einen großen Schrecken. „O weh", sagte er, „jetzt habe ich noch kein Geschenk für Galina. Nun sitzt sie schon den ganzen Tag allein zu Haus und dabei ist doch heute ihr Geburtstag." So kaufte er noch schnell an einem Stand eine schöne Schürze für Galina. „Die wird ihr bestimmt gefallen", dachte er, und dann ist er ganz schnell durch die Stadt gelaufen, zurück zum Wald. Inzwischen war es schon dunkel geworden.

Es begab sich aber zu jener Zeit, daß im Schlosse des Königs viele wertvolle Sachen gestohlen wurden, und nun suchten die Knechte des Königs den Wald ab, um den bösen Dieb zu fangen. Plötzlich sah ein Knecht den Pepe zwischen den Bäumen einhereilen, da rief er mit lauter Stimme: „Das ist der Dieb, haltet den Dieb." Kaum hatten das die anderen Knechte gehört, kamen sie herbeigeeilt und nahmen den armen Pepe gefangen; sie fesselten ihn mit dicken Stricken und führten ihn vor den König. Der arme Pepe wußte nicht, wie ihm geschah, und vergebens waren seine verzweifelten Hilferufe, vergebens all sein Wehren und Sträuben.

Der König sprach: „Wertvolle Dinge hast du aus meinem Schloß gestohlen! Sag, wo hast du sie versteckt?"

„Ich habe nichts gestohlen, Königliche Hoheit", beteuerte Pepe.

„Nun gut", sagte der König, „wenn er nicht reden will, so werft ihn in den Kerker, dort wird er genug Zeit haben, um darüber nachzudenken."

So warfen die Diener des Königs den armen Pepe in den dunklen Kerker.

Daheim, in ihrem Wohnwagen, saß seine Frau Galina am Fenster und schaute hinaus, ob Pepe nicht bald nach Hause käme. Aber Pepe kam nicht, und da weinte sie bittere Tränen, bis sie schließlich über ihrem Kummer eingeschlafen war. Am nächsten Morgen ging sie hinunter in die Stadt und fragte die Leute, ob sie nicht ihren Pepe gesehen hätten. Schließlich erzählte man ihr, daß Pepe auf der Kirmes gewesen sei, und dort habe er sich amüsiert und viel gelacht und getanzt. Die Leute sagten ihr auch, daß Pepe ein Dieb sei und die Knechte des Königs ihn gefangen hätten. Aber das hat Galina alles nicht glauben wollen. Sie ist nach Hause gegangen, und des abends hat sie eine Kerze auf die Fensterbank gestellt und auf ihren Pepe gewartet. Jeden Abend hat sie dort gesessen und gewartet.

So verging der Sommer und es kam der kalte, nasse Herbst. Da sind die anderen Zigeuner weitergezogen. Galina hat ihre Kinder den anderen mitgegeben, sie selbst aber ist allein in ihrem Wohnwagen zurückgeblieben, weil doch Pepe jeden Moment hätte zurückkommen können.

Der Winter brachte Eis und viel Schnee, Frost und grausame Kälte mit sich. Aber Galina ist dageblieben, und jeden Abend hat sie das Lichtlein angezündet. Es vergingen sieben Jahre, dann trug es sich zu, daß der König in dem selben Wald jagte. Als die Nacht hereinbrach und er heimkehren wollte, wurde er plötzlich von einem heftigen Regenschauer überrascht, so daß er sich verirrte. Da hat er von weitem das Lichtlein leuchten gesehen und ist zu dem Wohnwagen der Zigeunerin geeilt. Als er klopfte fing das Lichtlein auf einmal furchtbar an zu flackern, so, als wollte es jemand auspusten. Galina wurde ganz aufgeregt, weil sie dachte, es wäre Pepe; und dann stand der König vor ihr, aber Galina wußte nicht, daß es der König war. Weil sie ein gutes Herz hatte, ließ sie den fremden Mann herein. Sie gab ihm Speise und Trank und bereitete ihm ein Lager für die Nacht.

In jener Nacht träumte Galina von ihrem Pepe und sprach im Traum: „Laß mich frei, laß mich frei, ich bin unschuldig." —
„Wer spricht denn dort?" fragte der König. „Ich habe niemanden sprechen gehört", sagte Galina, „ach, vielleicht habe ich

geträumt." Als der König sich wieder schlafen legte, hörte er sie immer wieder reden: „Laß mich frei, ich bin unschuldig." Der König wälzte sich unruhig auf seiner Lagerstätte hin und her. Alles kam ihm unheimlich vor. Früh am nächsten Morgen stand er auf, und die Zigeunerin bereitete ihm ein Frühstück. „Sag, Weib, mit wem habt Ihr in dieser Nacht gesprochen?" – „Ich habe in dieser Nacht von meinem Pepe geträumt", sagte sie. Der König schaute die junge Zigeunerin an und fragte sie noch einmal, „Sag, Weib, wie kommt es, daß Ihr – noch so jung und schön – allein hier im Walde wohnt? Wo ist Euer Mann?" – „Ach", sprach Galina da, „vor sieben Jahren ging er zum Markt, um mir ein Geburtstagsgeschenk zu kaufen. Die Leute erzählen, daß die Knechte des Königs ihn gefangen halten, und jetzt sitzt mein armer Pepe in des Königs Kerker und verbüßt eine Strafe für eine Tat, die er nicht begangen hat. Ich warte hier nun schon sieben Jahre, und ich werde weiter warten, bis er wieder heimkehrt." Dabei liefen ihr heiße Tränen über die Wangen. Da sagte der König: „Ihr seid ein wahrlich treues Weib", bestieg eilends sein Pferd und galoppierte zurück zu seinem Schloß; denn er hatte sich erinnert, daß er damals, vor sieben Jahren, einen Zigeuner eingefangen hatte. Kaum zu Hause angelangt befahl er seinen Knechten, den Zigeuner namens Pepe zu holen. Da sagte einer von seinen Knechten: „Majestät, wir haben einen Dieb gefangen, und in seiner Rocktasche fanden wir die Goldstücke, die Euch vor sieben Jahren gestohlen worden sind." Inzwischen trat der Zigeuner vor den König, und der König sprach: „Geht hin zu Eurer Frau, Ihr habt ein treues Weib, wie man keines wiederfinden wird. Großes Unrecht tat ich Euch, Ihr seid kein schlechter Mensch." Dann belud er den Zigeuner mit reichen Schätzen, und Pepe eilte damit zu seiner Galina. „Meine liebe Galina, du hast lange auf dein Geburtstagsgeschenk warten müssen." Galina sah Pepe lange an und antwortete: „Glaubt der König, er könne mit Gold und Geld das Unrecht an dir und all dein Leid wieder gutmachen?" Pepe aber sagte: „Warum denn immer nur Rache?
Es gibt auch einen Sieg der Menschlichkeit."

# Gedicht

Als ich noch ein ganz kleiner Junge war,
mit brauner Haut und pechschwarzem Haar,
da riefen die Buben „Zigeuner".
Wie gut, daß ich stark und flink war wie keiner.
Ich kämpfte und wehrte mich meiner Haut,
hab' mich gebalgt und so manchen verhaut,
dann schrie'n sie alle: „Seht nur, der Zigeuner,
wie bösartig schlägt er bloß zu, ein Gemeiner."
Ich schluchzte und heulte, was ist das bloß
und klammerte mich an der Mutter Schoß.
Sie streichelte mir übers blauschwarze Haar,
die Tränen versiegten, die Welt wieder klar —
für mich, den kleinen Zigeuner.
Ja, ein Zigeuner, der hat es nicht leicht,
weil seine Haut der der andern nicht gleicht.

Dann kamen die Nazis mit ihren Gesetzen,
aufs Neue wie ein Wild mich zu hetzen.
Sie holten mich ab, an den Kleidern gezerrt,
nach Bergen-Belsen in das KZ.
Sie schlugen und schrie'n, du Hund, du Gemeiner,
du dreckiges Schwein, du schwarzer Zigeuner.
Ich kämpfte mit Tränen und inneren Fäusten,
zurückzuschlagen konnt' ich mir nicht leisten.
Ich lechzte nach Freiheit, mit Rachegefühlen,
um meinen verletzten Stolz abzukühlen.
Ja, ein Zigeuner, der hat es nicht leicht,
weil seine Haut der der andern nicht gleicht.

Und als man die Tore zu öffnen begann,
war alles vergessen, was ich ersann.
Kein Groll, kein Hass, es war alles vorbei,
der Hunger, die Angst, die Blutschinderei.
Doch glücklich werden konnt ich immer noch nicht,

weil man auf Zigeuner auch heut' nicht erpicht.
Vor der nächsten Geburt – ich werd' es versuchen –
und einen Grafen zum Vater mir buchen.
Dann wär' ich geachtet, umschwänzelt wie keiner –
und kein Mensch-zweiter-Klasse-Zigeuner.
Ja, ein Zigeuner, der hat es nicht leicht,
weil seine Haut der der andern nicht gleicht.

Kein Volk dieser Erde – ob weiß oder gelb –
kann sagen, es sei das beste der Welt.
Drum laßt in Frieden und Freiheit uns leben,
und laßt die Hände zur Freundschaft uns geben.
Dann hat's ein Zigeuner auch endlich mal leicht –
und die Menschheit das Ziel „Menschsein" erreicht.

# Biographie

Ich heiße Philomena Franz und bin in dem romantischen Württemberg aufgewachsen, wo es viele Weinberge und große, schattige Wälder gibt. Mein Großvater war schon für den König von Württemberg als Hofmusikant tätig. Mit unserer Großfamilie zogen wir in unserem Wohnwagen durch das Land, und ich erlebte eine schöne Kindheit voll Romantik und mit viel Musik.

Ich war etwa zehn Jahre alt, als meine Familie sich seßhaft machte. Wir besaßen ein Haus in einer sehr schönen Umgebung, und ich wuchs dort mit sieben Geschwistern auf.

Mit einundzwanzig Jahren wurde ich nach Auschwitz deportiert. Nach dem Ende des Zweiten Weltkrieges nahmen wir unsere musikalische Tradition wieder auf.

Ich habe dann geheiratet, bin Mutter von fünf Kindern.

1995 wurde mir das Bundesverdienstkreuz am Bande verliehen.

1997 nahm ich Teil am Symposium in Weimar "Goethes Begriff der Weltliteratur", der dazu beitrug, daß Weimar 1999 zur Kulturstadt Europas wurde.

2001 wurde ich von der Europäischen Bewegung Deutschland zur "Frau Europas 2001" gewählt.

Ich lebe in Rösrath bei Köln, halte Vorlesungen an den Schulen, Volkshochschulen und Universitäten.

ISBN 3-8311-2264-4